푸르게 빛나는

안전가옥 쇼-트 15

김혜영 단편집

열린 문

핸드폰을 뺏겼다. 태블릿 PC도 압수다. 컴퓨터 전원 코드 또한 잘린 지 오래. 집 안에 가동 중인 전자 기기라곤 냉장고밖에 없는 밤. 잠들기엔 너무 눈이 말똥한데, 그렇다고 교과서를 펼치거나 책을 꺼내 읽는 건 죽어도 하기 싫어서 나는 거실로 나왔다. 혹여나 엄마가 깰까 봐, 그래서 엄마가 억지로 나를 침대에 눕혀 눈을 감게 할까 봐 발뒤꿈치를 바짝 들고 살곰살곰 걸음을 옮기다 보니, 주방 한편 문이 열린 냉장고에 고개를 처박고 있는 하얗고 둥근 등이 보였다. 오빠였다. 나는 최대한 소리 없이 다가가 오빠의 등을 손가락으로 쿡 찔렀다.

"압!"

비명을 애써 꾹 참아 내는 오빠의 소리는 퍽 웃겼다. 소스라치며 뒤돌아본 오빠를 향해 나는 속삭이듯 입을 벙긋거렸다.

"쫄?"
"뒤진다, 진짜."
"쉿."

나는 고갯짓으로 굳게 닫힌 안방 문을 가리켰다. 오빠는 미간을 꾸기면서도 최대한 조심스럽게 냉장고 문을 닫았다. 그리고 이번엔 주방 서랍을 하나둘 뒤지기 시작했다. 오빠가 분주하게 뭘 하는지 궁금해 뒤에서 기웃거려 보았지만, 오빠는 나한테 관심을 주지 않았다. 나는 괜히 심통이 났다.

"돼지냐?"
"뭐 나와도 안 준다."
"미안."

오빠가 보물찾기를 하는 동안 나는 거실 한가운데 널브러진 리모컨을 들어 전원 버튼을 눌러 보았다. 틱틱 소리만 날 뿐 TV는 켜지지 않았다. TV 받침 뒤쪽으로 손을 뻗어 코드를 집어 드니, 역시나 끝부분이 잘려 있었다. 지독한 엄마. 이렇게 다 잘라 놓으면 엄마도 불편할 텐데. 엄마는 매일 새벽까지 핸드폰, 컴퓨터, TV에 빠져 사는 우리 남매에게 특단의 조치를 취하겠다며 3일 전부터 디지털 다이어트를 실시했다. 오빠와 나의 핸드폰과 태블릿 PC를 압수한 것은 물론, 게임기와 TV의 모든 전원 선을 자르고 충전기를 버렸다. 결국, 오빠랑 나는 학교 수업이 끝나면 매일같이 PC방에 달려

가는 신세가 되었는데, 그렇게 디지털 일탈을 즐기고도 집에 돌아오면 못내 아쉬워 잠들지 못한 밤을 서성거리기 일쑤였다.

"김세나, 라면 드실?"
"응."

오빠는 결국 주방 서랍 구석에서 라면 한 봉지를 찾아냈다. 끓여 먹을 수 있었으면 더 좋았겠지만 우린 둘 다 가스 불 앞에 제대로 서 본 적 없는 애송이들이었다. 오빠는 주먹으로 힘 있게 라면을 내리쳤다. 생각보다 크게 퍽, 소리가 나자 우리 둘은 놀란 미어캣처럼 동시에 엄마가 잠들어 있는 안방을 바라보았다. 딱히, 엄마가 일어난 기색은 느껴지지 않았다.

나는 담요를 가져오라는 오빠의 말에 학교에 자주 가져갔던 무릎 담요를 꺼내 와 라면을 봉지째 둘둘 말았다. 오빠는 다시금 라면에 주먹질을 했고, 왠지 재밌어 보여 나도 팔꿈치로 라면을 몇 번 찍었다. 딱딱한 타격감이 희미해졌을 무렵 우리는 담요를 풀었다. 오빠는 솜씨 좋게 라면 봉지의 배를 갈라 하얀 부스러기 위로 스프를 골고루 뿌렸다. 짭조름한 양념이 가득 묻은 라면 부스러기를 손으로 집어 입에 털어 넣으니 오도독한 식감과 고소하고도 살짝 매콤한 맛이 입안에 퍼졌다.

"맛있다."
"응."

오도독. 오도독. 손가락 끝이 주황색 양념으로 물들 때까지 라면을 먹는 동안 우리는 아무 대화도 하지 않았다. 시끄럽게 굴면, 엄마가 깨어날 거고, 그러면 안 자고 뭐 하냐고 잔소리를 할 것이고, 이번에는 우리의 용돈을 줄일지도 모른다는 생각이 들었기 때문이다. 게다가 딱히 서로 할 말도 없었다.

"다 먹었네."
"또 없어?"
"응."

오빠랑 나는 각자 손가락에 묻은 양념을 쪽쪽 빨았다. 놀거리도 간식거리도 이젠 없는데. 우린 뭘 해야 할까. 나는 아직 잠들고 싶지 않았다. 오빠도 마찬가지인 듯했다.

우리는 학원에 다니지 않고 방과 후 프로그램도 신청하지 않은 초등학생들이었다. 엄마는 늘 바빴고 우리를 신경 써 주는 어른은 없었다. 그러니 밤새 게임을 하고 학교에서 잠만 자도 그러다 시험을 망쳐도 별문제가 없었는데, 학교에서 무슨 얘기를 엄마에게 한 건지. 엄마는 담임 선생님과 통화를 한 뒤로 이상한 다이어트를 시작해 버렸고 오빠랑 나는 더 외로워졌다.

나는 라면 봉지를 구겨 쓰레기통 깊숙한 곳에 쑤셔 넣는 오빠를 바라보았다. 오빠의 헐렁한 러닝 사이로 겨드랑이가 보였다. 그곳에 솟아난 꼬불거리는 털 한 가닥. 저 털 가닥이 자라난 순간부터 오빤 나랑 놀기 싫어했다. 물론 나도 오빠가 꼴 보기 싫은 건 마찬가지였다. 어쨌거나 우린 다시 심심해졌다.

"오빠. 잘 거야?"
"아니."
"그럼?"

오빠는 나를 물끄러미 바라보았다. 우리가 여기서 아주 조용히 즐길 수 있는 놀이는 뭘까. 레인보우 푸시 팝 누르기? 슬라임 만지기? 내가 재밌어하는 건 어쩐지 오빠한텐 늘 시시했고 오빠가 하자는 건 왠지 몰라도 늘 재밌었다.

"세나야. 오빠가 도둑 잡는 거 보여 줄까?"
"어떻게?"

오빠는 씨익 웃더니, 대뜸 현관문을 열어젖혔다. 단번에 검푸른 밤하늘과 건너편 빌라 건물이 보였다. 우리 집은 지붕 없는 건물 바깥 계단을 따라 올라가면 나오는 5층에 있었다. 주변의 빌라 건물들보다 우리 집 키가 훨씬 커서 문을 열면 하늘과 하늘 아래 앞집 건물이 보였다. 열린 문 사이로 찬 바람이 훅 불어왔다. 나는 라면을 감쌌던 담요를 슬

그머니 내 품으로 가져왔다. 오빠는 잠시만 기다려 보라고 하더니만 제 방에서 낡은 야구방망이를 꺼내 왔다. 여기저기 흠집이 가득한 알루미늄 배트는 아빠가 쓰던 것이었다. 오빠가 배트를 쥐는 포즈가 어쩐지 아빠와 닮아서 나도 모르게 몸에 힘이 바짝 들어갔다.

"이제 뭐 해?"
"기다려."
"뭘?"
"도둑."

나는 설명을 요구하는 눈으로 오빠를 바라보았다. 하지만 오빠는 입술 사이에 검지를 대고 쉬잇 소리만 냈다. 한참 찡그린 표정으로 오빠를 바라보다가, 아무 말 없는 오빠의 옆구리를 손가락으로 쿡쿡 쑤셔 기어코 알아낸 오빠의 논리는 그런 거였다. 세상에 도둑이 있다면, 그들은 이렇게 활짝 열린 문을 절대로 지나칠 수 없으리라는 것. 이 열린 문은 이를테면 덫이었다. 도둑이 열린 문 사이로 현관에 들어서면, 숨어 있던 오빠가 야구방망이를 휘둘러 나쁜 놈을 때려잡겠다는 것이다. 처음에는 말도 안 된다고 생각했지만, 사뭇 진지한 오빠의 얼굴을 보고 있자니 꼭 도둑이 아니라도 누군가 들어올 수 있지 않을까 싶기도 했다. 그런데 정말로 도둑이 들어오면 어떡하지? 나는 텅 빈 손바닥을 바라보다 오빠에게 나한테도 무기를 달라고 했다. 오빠는 탐탁지 않다는 눈으로 나를 바라보다가 싱크대 서랍에서 돈가스를 자를 때나 쓰던 나이프를 꺼내 손에 쥐여 주었다. 겨우 이딴 칼로 누굴 쑤시란 말이냐고 묻자, 오빠는 진짜 칼을 들고 있다가 손 베는 것보단 낫지 않겠냐고 말했고, 미술 시간에 이따금 커터 날에 베이곤 했던 나는 오빠 말이 맞는 거 같아서 따지기를 그만두었다.

"쉬잇."

오빠는 이제 조용히 도둑을 기다리자고 했다. 나는 비장하게 고개를 끄덕였다. 숨죽인 채로 현관 양옆에 숨은 우리 둘은 열린 문 너머 들려오는 소리에 귀를 기울였다. 이제껏 들어 볼 생각조차 하지 않았던 밤의 소리가 문안으로 흘러들어 왔다.

골목길을 가로지르는 거센 바람 소리. 새벽을 스쳐 가는 오토바이 엔진음. 길고양이들이 서로에게 속삭이는 말. 낡은 가로등이 깜빡이며 내는 파지직 소리. 찬 기운 때문인지 갑자기 움직이기 시작한 보일러가 내뱉는 낮은 떨림음. 풀 한 포기 없는 집들 사이 어디에서 사는지 알 수 없는 귀뚜라미의 울음소리. 무언가가 흐르는 소리. 우리 집 바닥 아래서 들리는지 다른 곳에서 들리는지 알 수 없는 물소리. 다시, 구름이 움직일 만큼 거세게 부는 바람 소리. 고요한 척하지만 절대로 고요하지 않은 밤의 아우성 속에서 눈꺼풀이 점점 무거워졌다.

꿈일까 현실일까.

지루한 기다림 끝에 고개가 한 번 꾸벅 떨어졌다 올라왔을 무렵, 드디어 사람의 것이라고 할 만한 발소리가 들렸다. 다다. 이상한 소리도 함께 났다. 다다. 누군가가 우리 집을 향해 오고 있는 것만 같았다. 살짝 불안해진 나는 오빠를 바라보았다. 오빠의 눈꺼풀에도 살짝 힘이 풀려 있었다. 오빠. 오빠. 오빠. 나는 조그맣게 오빠를 불렀다. 오빠는 잠들지 않은 척 표정 관리를 하며 심드렁하게 내 쪽을 쳐다보았다.

"있잖아. 혹시라도 아빠가 오면 어떡하지. 우리가 아빠 머리를 때릴지도 모르잖아."
"아빠는 안 와."

오빠는 도둑이 오고 괴물이 와도 아빠는 안 온다고 했다. 다다. 나는 되물었다. 그럼 엄마가 오면 어떡하냐고. 오빠는 미간을 꾸기며 방에서 자는 엄마가 현관문으로 어떻게 들어오냐고 답했다. 하지만 우리 둘 중 엄마가 방에서 잠들어 있다는 것을 확인한 사람은 아무도 없었다. 안방에서는 어떤 소리도 나지 않았고 문은 줄곧 굳게 닫혀 있었다. 엄마의 숨 쉬는 소리조차 방문을 넘어오지 않았다. 마지막으로 엄마를 봤던 건 언제였지. 다다. 오빠랑 나는 디지털 일탈을 즐기느라 며칠째 늦게 들어왔다. 아빠가 택시를 타고 사라진 뒤로 엄마는 퇴근하면 줄곧 잠만 잤다. 우리는 굳이 안방 문을 열어 엄마를 깨우고 싶지 않았다. 오빠랑 나는 약속한 듯 집에 들어오면 각자 방으로 들어가곤 했다. 그러니 지금 엄마는 저 방 안에 없을지도 모른다. 다다. 오빠는 내 의견에 반대했다. 엄마가 집에 돌아오지 않았을 리 없고, 정 불안하다면 지금이라도 안방 문을 열어 볼 수 있지만 매번 일하는 시간이 바뀌는 엄마의 잠 시간을 방해했다간 큰일이 날 거라고 겁을 주었다. 그러니까,

"쉬잇."

오빠는 제발 좀 닥치라는 듯 나를 째려보았다. 나는 닥치고 싶지 않았다. 엄마가 매일 식탁 위에 올려 두는 용돈이 오늘 아침엔 없지 않았냐고, 디지털 다이어트는 핑계고 엄마도 우리를 버리려는데 혹여 어디선가 연락이 올까 봐 우리의 핸드폰을 빼앗아 버린 것일지도 모른다고 오빠에게 따지고 싶었다. 하지만 문득 가까워진 발소리에 모든 말이 쏙 들어가 버렸다. 타박. 타박. 계단을 오르는 발소리가 들렸다. 다다. 누군가가 벌써 한 층을 다 올라왔다. 다다. 아래층 사람일까. 아니면 집 나간 아빠? 거침없이 다음 계단을 밟는 발소리가 들렸다. 다다. 아니면 진짜로 엄마가 이제야 집에 돌아오는 걸까? 발소리가 점점 더 가까워졌다. 다다. 아니

면 정말로 열린 문을 지나치지 못하는 도둑이 오는 걸까? 다다. 무언가가 오고 있었다. 다다. 분명하고 확실하게. 다다. 온다. 오빠가 야구방망이를 똑바로 세워 들었다. 힘이 들어간 듯 손잡이를 움켜쥔 손이 바들바들 떨리는 게 보였다. 다다. 나는 돈가스 칼을 손에 꼭 쥐었다. 땀이 배어 나와 손이 미끈거렸다. 다다. 이윽고 열린 문 사이로 검은 구두코가 보였다.

다다.

나는 눈을 비볐다. 문 사이로 삐죽 튀어나온 그것은 구두코가 아니었다. 다다. 그러니까, 검은 발가락이었다. 다다. 그러니까, 저게 뭐야. 나는 오빠를 바라보았다. 동시에 오빠도 내 눈을 바라보았다. 서로가 서로에게 설명을 원하는 듯한 눈빛을 보내고 있었다. 하지만 우리는 알 수 없었다. 나도 오빠에게, 오빠도 나에게 아무 말도 할 수 없었다. 우리가 바란 건 저런 게 아니었다. 우리가 기대한 건 그저, 잠들기 전 우리의 집중을 잠시 훔쳐 갈 만한 무언가. 무시하려 애써도 계속해서 피어오르는 불안감들을 삼켜 줄 무언가. 그게,

다다.

2m는 족히 되는 문의 왼쪽 모서리 부분으로 불쑥, 남자의 얼굴이 반쯤 드러났다. 물구나무를 선 것처럼 뒤집힌 얼굴을 한 남자는 도무지 살아 있는

것 같지 않았다. 학교에서 만든 종이 가면같이 완벽하게 정지된 얼굴. 나는 숨 쉬는 법을 까먹어 버린 것처럼 단 한 모금의 공기도 내뱉거나 마실 수 없었다. 사람이라고 안심하기엔 그 형상은 너무나도 이상했다. 물구나무를 섰다면, 구두코로 착각한 발가락은 손가락이어야 하는 것이 아닐까. 머리는 위가 아닌 아래에 나타나야 하지 않을까. 바람에 흔들리는 나뭇잎처럼 남자의 얼굴이 흔들거렸다. 아. 우리는 그제야 문밖에 선 무언가가 남자를 거꾸로 들고 있다는 사실을 깨달았다. 사람이 사람을 저 정도 높이로 들 수 있는 걸까. 의문을 품는 사이 남자의 얼굴이 위로 사라졌다. 네모난 현관문 아래쪽으로 불쑥 나온 까만 발가락만이 지금 이 상황이 진짜라고 말해 주는 것 같았다. 순식간에 주변이 조용해졌다가, 쩌저적. 무언가 찢어지는 소리가 들렸다. 붉은 페인트 통을 엎은 것처럼 콰악, 현관문 너머로 피가 쏟아졌다. 나는 돌이 된 듯 굳어버렸다. 눈동자만 겨우 굴려 오빠를 바라보았다. 곧게 서 있던 오빠의 야구방망이가 한없이 아래로 기울어져 달달달 떨리고 있었다. 이내 문 안쪽으로 남자의 상반신이 휙 날아와 떨어졌다. 만세 자세로 엎어진 남자의 고개는 바닥이 아니라 천장을 바라보고 있었다. 하반신은 보지 못했다. 오빠도 나도 더 이상 움직일 수 없었다. 현관 양옆에 숨어 있던 우리는 마치 생선의 눈처럼 왼쪽과 오른쪽을 동시에 응시하는 남자의 검은 눈동자 한 개씩과 마주쳤다. 남자의 머리통은 파들거리며 떨리는 입술을 서서히 벌리더니 제 마지막 힘을 짜내 분명한 발음으로 우리에게 말했다.

닫아.

우물

짜다. 인중에 고인 땀이 자꾸만 입술을 비집고 들어온다. 짜고 텁텁한 여름의 맛.

가로수 그늘 하나 없는 땡볕 아래, 번화가 상가를 걸으며 나는 생각했다. 새 옷을 사야겠다고. 한여름의 더위를 너무 얕보고 말았다. 햇볕을 제대로 마주한 정수리가 뜨거웠고, 두피에서 땀이 줄줄 흘러 비를 맞은 것처럼 머리카락이 뭉쳐 통통해졌다.

약속 장소는 도보로 7분 거리에 있는 곳. 나는 핸드폰으로 시간을 확인했다. 약속 시각까지는 30분의 여유가 있었다. 땀으로 흠뻑 젖은 티셔츠 앞자락을 쥐고 펄럭이며 주위를 살폈다. 값은 저렴하되 품이 큰 어두운색의 티셔츠가 필요했다. 지금 입고 있는 옷과 비슷할수록 좋다. 가슴골 사이로 땀이 흘러내려 브래지어는 이미 한껏 축축해졌다. 젖은 티셔츠는 등짝에 찰싹 달라붙어 있었고 검은색인데도 양 겨드랑이 색만 더 짙어진 게 옷 가게 쇼윈

도로 비쳐 보일 정도였다. 하지만 무엇보다 심각한 건 살가죽 깊은 곳에서부터 새어 나오는 지독한 체취였다. 지나가던 사람들은 내 근방 다섯 걸음 안짝으로 들어오면 슬며시 방향을 꺾어 걸어갔다. 어릴 땐 사람들의 미묘한 스텝을 보며 상처를 받았지만, 이제는 안다. 내게서 질릴 만큼의 악취가 난다는 걸. 물로도 지워지지 않고 향수로도 덮이지 않는 냄새에서 조금이나마 벗어나기 위해선 옷이라도 갈아입는 것이 좋다. 약속 장소인 카페를 지나 5분 정도 더 걸어갔을 무렵, 괜찮은 티셔츠 가게를 발견했다. 나는 만 원짜리 검은색 무지 티를 쏜살같이 결제하곤 원래의 목적지였던 카페에 도착하자마자 화장실로 직행했다.

이로써 세 번째 환복이었다. 화장실 칸 안에서 땀에 젖은 티셔츠를 벗어 지퍼 백에 넣고 밀봉하다 보니 문득, 친구는 내가 옷을 몇 벌씩 갈아입으며 온다는 것을 알까 싶었다. 물론 몰라도 상관없었다. 아니, 몰랐으면 좋겠다. 나는 지독한 액취증 환자고, 친구는 지독한 비염 환자다. 냄새나는 사람과 냄새를 못 맡는 사람. 사람 사이에 궁합이 있다면 친구는 마치 나를 위한 사람 같았다.

나는 인간관계가 성립하는 데 적용되는 마지노선이 있다고 생각한다. 철저히 외적이고 신체적인 마지노선 말이다. 외모와 성별과 인종을 모두 뛰어

넘어 우리는 친구가 될 수 있어, 라는 말은 어린이 드라마 또는 시트콤에서나 하는 소리라는 걸 내 일생을 바쳐 배웠다. 호감의 패배자. 나는 어려서부터 땀이 많았고, 체취가 심했다. 매일 씻고, 향수를 뿌리고, 쉬는 시간마다 화장실에서 물티슈로 온몸을 닦아 내도 친구는 생기지 않았다.

나는 백팩에서 물티슈를 꺼내 겨드랑이를 닦았다. 남들보다 검고 움폭 패인 겨드랑이는 액취증 수술 실패의 결과였다. 어린 시절에 만난 의사는 냄새를 만드는 아포크린샘과 땀샘을 모두 파괴하면 이 고통에서 벗어날 수 있다고 했었다. 그러나 애꿎은 피부만 괴사되어 거뭇해졌을 뿐, 냄새는 사라지지 않았다.

쓰레기 같은 냄새. 그것도 음식물 쓰레기 냄새. 아니, 썩은 생선, 썩은 계란, 암모니아, 담배 연기 같은 끔찍한 냄새들. 그게 나다. 나는 샤워할 때처럼 브래지어 와이어와 살 사이, 허리에 접힌 살 사이, 가랑이 사이, 무릎 뒤쪽과 발바닥까지 물티슈로 구석구석 닦고, 데오드란트를 뿌렸다. 새로 산 티셔츠 안으로 몸을 밀어 넣고 나니 화학약품이 가미된 듯한 새것 냄새가 났다. 훨씬 낫다. 챙겨 온 향수를 뿌리고, 속옷 사이에 끼운 휴지와 머리를 털었던 수건을 정리한 다음 밖으로 나왔다. 어느새 약속 시각보다 10분이나 지나 있었다.

"저주받은 거야."

대뜸 친구가 말했다. 친구가 앉은 테이블 위에는 코 푼 휴지가 벌써 한 뭉텅이 쌓여 있었다. 나는 늦어서 미안하다 사과한 뒤 무슨 일이냐고 물어보았다. 잇-취. 대답 대신 돌아온 기침 소리. 친구는 최대한 침을 튀기지 않으려 입을 꾹 닫은 채로 재채기를 했다. 연거푸 몰아치던 재채기가 끝날 무렵 친구는 얕은 숨을 겨우 진정시키며 말을 이었다.

"커피를 시키려는데- 잇취."
"응."
"콧물- 잇취. 갑자기. - 잇취. 아. 잠시만- 잇취."
"응."
"- 잇취. - 잇취. - 잇취."
"캐모마일?"
"응- 취."

나는 친구 대신 음료를 주문하고 돌아왔다. 진동벨이 울리고 우리가 시킨 음료가 나올 즈음에야 친구의 기침이 잦아들었다. 어느새 휴지 심 한 개와 거대한 휴지 뭉치들이 테이블을 온통 차지하고 있었다. 자리를 정리하고 각자의 음료를 입에 털어 넣으며 우리는 잠시 서로의 앞에 서로가 있음에 감사했다.

우리는 취향도, 성격도, 가치관도, 꿈도, 사는 지역까지도 모든 것이 달랐다. 그럼에도 우리가 연결

될 수 있었던 건 불행의 모양이 닮았기 때문이었다. 친구와 나는 몸 때문에 수능을 망쳤다. 친구는 비염 약을 먹고 왔지만 기침이 멈추지 않아 문제를 제대로 풀 수 없었다. 특히나 영어 듣기 시간에 기침의 빈도는 최고조에 이르렀다. 감독관의 주의를 듣고 나서 입을 꾹꾹 닫았지만 재채기는 이어졌다. 결국 외국어 영역 시험이 끝났을 때 옆에 있던 사수생에게 귀싸대기를 맞고는 멘탈이 와르르 무너져 황급히 가방을 싸서 집으로 돌아왔단다.

그 후 친구는 재수 학원에 등록했다가 방해가 된다는 이유로 쫓겨났고, 카페에서도 독서실에서도 사람들의 시선을 두려워하게 됐다. 수능을 포기하고 자격증이나 따자 싶었는데 마침 코로나19가 유행한 덕분에 컴퓨터로 비대면 강의를 들을 수 있었다. 친구의 아이패드 속 열다섯 개로 분할된 화면 안에 자리했던 수강생 중 한 명이 바로 나였다. 나도 엇비슷한 일로 수능 시험장에서 뛰쳐나왔고 학원에서 쫓겨났다. 사회에서 1인분 몫을 하기 위해선 인터넷 강의라도 들어야 했다. 모든 강의가 끝나 갈 무렵 한 수강생이 뒤풀이를 제안했고, 화기애애한 분위기 속에서 오프라인 약속이 잡혔다. 혹시나 하는 마음에 나가 보았지만 역시나 사람들은 나와 친구를 피해 앉았다.

우리는 사실 서로에게 관심이 없었다. 그저 앞

에 있으니 머뭇거리며 몇 마디를 나누었지만, 우리의 시선은 무리에 머물렀다. 한 줌의 기대를 품은 채로. 인사치레라도 좋으니 사교성 좋은 사람과 말 한번 나눠 보고 싶어서 귀를 쫑긋 세워 무리의 대화를 엿듣고 있었다. 언제든 대화의 틈바구니에 끼어들 준비가 되어 있었는데도 한 시간이 지나도록 여전히 섞이지 못하니, 이런 자리에 왜 나왔을까 하는 생각이 점점 커져 갔다. 그리고 그때.

"엿 같네."

코맹맹이 소리로 친구가 말했다. 그 말에 나는 친구가 좋아졌다. 코가 막혀 있어서 더 그랬다. 친구는 만성 축농증 환자로 곁에 가면 맡기 싫은 냄새가 난다고 했다. 그래서 더 좋았다. 기침을 하느라 말이 자꾸만 끊겨도, 눈을 비비며 숨을 헐떡거려도, 나는 친구가 좋았고 친구도 자기 옆에 있는 나를 좋아했다.

"약 안 먹었어?"

내가 물었다. 친구는 비염 완화용 스프레이를 콧속에 집어넣고 칙칙 분사 중이었다. 눈물이 절로 찔끔 고이는지 친구는 두 손으로 눈을 비벼 닦았다. 흰자위가 벌겋게 충혈되어 있었다.

"토했어. 장이- 잇취. 못 버티나 봐."
"토하면 다시 먹어야지."
"또- 잇취. 토할까 봐."

캐모마일 찻잔을 감싸 쥔 친구의 손에 힘이 들어가는 것이 보였다. 위장 건강에 좋은 차라는 말을 듣고 난 후 친구는 물 대신 캐모마일 차만 줄창 마셔 댔지만 별 효과는 없었다.

"나- 잇취. 벗어날 거야."
"어떻게?"
"비염 수술- 잇취. 할 거야."

친구는 가방에서 팸플릿을 꺼내 보여 주었다. 자신은 콧속 중앙 벽이 휜 비중격 만곡증에 축농증 환자인데… 이러한 경우 수술로 어느 정도 개선 효과를 볼 수 있다는 것이었다. 나는 이미 면역 치료를 받고 있지 않느냐고 물었다. 친구는 대답 대신 대뜸 손가락 여섯 개를 펴 보였다. 벌써 6년째 면역 치료를 받았지만 친구의 증상은 나아질 기미조차 없었다고 했다. 개나 고양이 알레르기가 심한 사람들도 3년이면 낫는다던데, 라는 말을 하기까지 또 여덟 번의 재채기가 이어졌다. 나는 친구를 위로하듯 눈썹을 니은 자로 기울였다가 이내 준비한 말들을 내뱉었다. 비염 수술을 해서 콧길이 트이면 알레르기를 일으키는 원인 물질이 코안으로 더 많이 들어와 지금보다 상황이 더 나빠질지도 모른다고, 어쩌면 부작용으로 냄새를 맡지 못하게 될지도 모른다고도 말했다. 또 친구의 관상상 지금의 코 모양이 좋은 것 같다는 둥, 잘못되면 살점이 괴사할지도 모른다는 둥, 사실 비염은 생활 습관 문제가 더 크다는 둥 여러 가지 이유를 덧붙이며 나는 친구를 말렸다. 친구를 걱정해서라기보단 사실 내가 걱정되었다. 친구의 수술이 성공해서 냄새를 더 잘 맡게 될까 봐. 그래서 날 떠나갈까 봐. 나는 그저 그 생각만 했고 친구는 수술할 생각만 했다. 각자의 답이 명확해 토론조차 되지 않는 말들이 이어졌다.

"잇취- 수술할 때- 잇취 같잇취- 가 줘."
"생사를 오가는 수술도 아니잖아."
"넌 내 친구잖아."

그 말만큼은 온전히 말하고 싶었던 듯, 꾹꾹 기침을 참으며 친구가 말했다. 아. 치사하다. 진짜 치사하다고 100번쯤 되뇌었을 무렵에 친구의 비염 수술 날짜가 잡혔다. 우리는 다정히 손을 잡고 병원에 갔다. 수술에 걸리는 시간은 짧다고 했지만 뭐 그리 하는 검사가 많고, 대기 시간은 긴지. 친구는 의료진들에게 이름을 불리며 이리저리 이동했고 나만 덩그러니 대기실 공간에 앉아 있었다. 두 시간쯤 지났을 무렵 간호사가 친구의 수술이 끝났다고 알려 주었다. 그제야 나는 조그마한 입원실 침대 위에 덜렁 누워 있는 친구를 만날 수 있었다. 코에 거즈를 붙인 채로 땡땡 부은 얼굴을 한 친구가 안쓰러워 물 달라면 물 주고 괜히 이런저런 말을 붙이며 마취가 풀릴 때까지 함께 있었다.

"이제 살 것 같아?"
"죽을 것 같아."

재채기 없이 말하는 친구의 모습이 좋아 보여서 나는 히히 웃었다. 친구는 몽롱한 얼굴로 나를 따라 웃었다. 별거 아닌 수술이라지만 수술이라는 건 다 무섭지. 그런 말들을 했던 것 같다.

그날 이후 친구는 하루에도 수십 번씩 피가 목뒤로 넘어가는 날들을 견뎌야 했다. 진정한 고통은 마취가 풀리고부터 온다고 하지 않던가. 콧속을 꽉꽉 막고 있던 거즈를 빼고 뻥 뚫린 일상을 맞이하기까지는 어언 2주가 걸렸다. 친구는 회복이 끝난 기념으로 만남을 제안했다. 그리고 이번엔 늦게 오지 말라는 당부를 덧붙였다. 나는 수술을 마친 친구를 보기가 망설여졌지만, 그래도 우리 사이를 이어 주는 불행은 끝나지 않았으니 괜찮을 거라 믿었다.

그것이 안일한 생각이라는 것을 토요일 오후 1시 홍대입구역 9번 출구 앞에서 깨달았다. 그날도 나는 약속 시간을 훨씬 앞둔 시간에 도착하도록 출발했다. 약속 장소가 번화가였으니까. 대중교통을 이용하거나 거리를 걸으며 사람들과 부딪치고 싶지 않아서 택시를 타고 비교적 한적한 골목길에 내려 걸어갔다. 중간에 옷을 갈아입을 만한 장소를 몇 군데 봐 놨었는데 운 나쁘게도 카페들은 휴무중이었고, 그나마 열려 있는 가게에는 비밀번호를 입력하지 않으면 문을 열 수 없는 화장실만 있었다. 결국 땀으로 흠뻑 젖은 채 인파를 마주했다. 수많은 사람들 속에서도 나는 단번에 친구의 뒤통수를 알아볼 수 있었다.

나는 잠시 머뭇거렸다. 옷을 갈아입지 않은 상태로 코 수술을 마친 친구를 만나는 것과 또다시 늦은 이유를 설명하지 못해 어물거리는 것 중에 무엇이 더 친구를 화나게 할까. 고민을 다 끝내지도 못했는데 친구가 주변을 살피듯 고개를 빙글 돌렸다. 우리의 눈이 마주쳤다. 친구는 나를 부르며 달려왔다. 이윽고 내 앞으로 다가온 친구의 콧잔등이 순식간에 종이처럼 구겨졌다. 친구는 손으로 입을 막더니, 고개를 돌리더니, 구역질을 하더니, 마스크를 내리더니, 이내 웩 하고 먹은 것들을 바닥에 쏟아 냈다. 모두의 시선이 친구에게로 향했다가, 이내 나에게로 옮겨 왔다. 나는 그대로 뒷걸음쳐서 사람이 없는 거리로 도망쳤다. 한 발 두 발 바닥을 향해 내달렸다. 내달릴 때마다 볼살이 흔들렸다. 가슴이, 팔뚝이, 허벅지가, 종아리가 모두 흔들리며 쿵쿵 내려앉을 때마다 현실의 무게가 느껴졌다. 가쁜 호흡을 내쉬는 사이 몸이 빨갛게 달아오르고, 온몸 곳곳에 땀이 줄줄 흘렀다. 전신이 촛농처럼 무력하게 녹아내리는 것만 같았다. 숨이 벅찰 때까지 뛰는 동안 내 머릿속을 차지한 건 딱 하나였다. 끝났다. 우정은 끝났다.

[토해서 미안해]

그게 친구의 마지막 연락이었다.

“물이 문제예요.”

정신과 대기실에서 만난 여자가 말했다. 나는 잠시 고개를 돌려 주변을 살펴보았다. 대기실에는 나와 그 여자 단둘뿐이었다. 여자는 혼잣말이 아니라는 듯 나와 똑바로 눈을 마주치며 고개를 주억거렸다. 나는 요 근래 정신과 의사 말고 다른 사람하곤 대화를 해 본 적이 없던 터라 스몰 토크에 어떻게 답해야 할지 영 갈피를 잡지 못했다. 내가 딱히 대답하지도 않았는데 여자는 화제를 돌려 어떻게 여기 오게 되었냐고 물어보았다. 나는 친구랑 절교한 일로 정신과에 왔다는 게 쪽팔려서 그냥 아무 말이나 해 댔다. 그걸로 끝인 줄 알았는데, 병원 밖으로 나오니 그 여자가 있었다. 여자는 처음 내게 말을 걸었을 때처럼 물이 문제라고 했다.

“물이 뭐요.”

나는 다소 경계심을 품은 채 대꾸했다.

“몸의 70%가 물이라는 거 아시죠?”

여자가 말했다. 나는 천천히 고개를 끄덕였다.

“주영 씨 몸에 그 물이 안 담겨서 그래요. 그래서

계속 나가고 싶어 하는 거예요."
"몸에 안 담기다뇨?"
"몸을 그릇이라고 부르는 거 들어 본 적이 있죠? 이게 말랑말랑해도 그릇이거든요. 왜 영화나 드라마 같은 데서 그릇 깨지면 사람 죽고 그러잖아요. 그런 장면이 괜히 나왔겠어요. 우리가 그릇이라서 그래요. 신내림 받을 때도 그릇에 든다고 하잖아요. 사람이 사실 오목하거든요. 무슨 말인지 알아요?"

당연히 몰랐다.

"무슨 말인데요?"
"…… 냄새 안 났으면 싶죠?"

순간 내 귀를 의심했다. 대답할 말을 찾지 못해 굳은 채로 서 있자 여자는 손가락으로 맥도날드를 가리켰다. 그러곤 계속 서서 이야기를 나누긴 뭣하니 햄버거라도 먹으면서 대화하자고 덧붙였다. 너무나도 자연스럽게 여자의 손끝을 따라간 내 시선에 나도 모르게 파하- 웃음이 나왔다. 인터넷에서 봤던 사이비 종교 전도 수법과 여자의 행동이 똑같았기 때문이었다. 내가 비웃거나 말거나 여자의 손은 마네킹처럼 허공에 멈춰서 계속 맥도날드를 가리키고 있었다. 내가 이런 사람까지 만나는구나, 생각하면서도 나는 맥도날드를 향해 걸음을 옮겼다. 실망할 게 뻔한 상황에서조차 늘 일말의 기대가 손쉽게 피어올랐다.

여자는 햄버거 세 개와 라지 사이즈 감자튀김 네 개를 시켰고 걸신들린 사람처럼 그 많은 양을 혼자서 게걸스럽게 해치웠다. 나는 푸드 파이터 같은 그녀를 신기해하며 지켜보았다. 여자는 아직 많이 남은 감자튀김을 한입에 다 털어 넣더니만, 잘 내려가지 않았는지 가슴을 콩콩 쳤다. 내가 콜라를 건네자 여자는 기름진 손으로 손사래를 치더니 가방에서 보온병을 꺼냈다. 쪼르륵. 보온병 뚜껑이자 컵에 담긴 물 색깔은 적갈색이었다. 보리차보다 짙지만 피보다는 묽은 그런 색이었고, 딱히 어떤 냄새가 느껴지진 않았다. 불쾌한 냄새가 난다 해도 내가 뭐라 할 처지는 못 되겠지만. 나는 그녀가 기이한 물을 마시는 모습을 바라보았다. 여자의 목이 꿀렁였고 꿀꺽 삼키는 소리가 들려왔다. 나 자신이 그 여자의 행동 하나하나에 무섭도록 집중하고 있다는 것을 알아차렸을 무렵 여자와 눈이 마주쳤다.

"목말라요?"
"아뇨."

여자는 또다시 물을 따랐다.

"하루 세 끼 다 먹어요?"
"아뇨."
"내가 먹는 게 내가 되는 거예요."

꿀꺽. 또 한 번 물이 여자의 몸속으로 들어가고 나서, 여자는 말을 이었다. 얼핏 들으면 건강해지기 위한 지침을 이야기하는 것 같기도 했다.

“우리는 어떤 것을 나로 만들지 선택할 수 있어요. 섭취하는 대로 나라는 존재가 되니까. 하지만 아침, 점심, 저녁, 하루 세 번의 기회를 놓치지 않고 이상적으로 식사를 하는 사람은 소수예요. 먹는 것이 삶을 유지하는 기본적 행위라면 왜 우리는 이 원칙들을 지키지 못하는 걸까요. 게으름의 문제가 아니에요. 근원은 죄책감이죠. 인간은 이 별에서 난 것들이라 별을 뜯어 먹고 사는 게 죄스러워서 그래요. 암석은 이 별의 뼈요, 동식물은 이 별의 살이요, 반 이상을 뒤덮은 물은 이 별의 피와 같으니. 어버이를 제 배 속으로 집어삼키는 게 죄스러워서 본능적으로 거부하면서도, 살기 위해 음식을 찾게 되는 악순환의 반복. 인간은 그런 존재지만, 이 별은 제 몸에서 난 것들을 사랑하기 때문에 그들에게서는 악취가 나지 않아요. 아, 물론 이 별 태생인데도 냄새가 나는 사람들이 있죠. 제대로 된 어버이 아래서 자라지 못한 분들요.

성인 된 이후로 초등학생들 만나 본 적 있어요? 어른이 되고 나면 초등학생을 만나기가 힘들잖아요. 초등학교 교문 앞에 서서 후각에 집중해 보면 냄새가 나요. 사랑받지 못한 냄새. 그런 애들 특유의 냄새가 있어요. 부모한테 아이를 돌볼 여유가 없어서 그래요. 뭘 먹어야 하는지, 이빨은 언제 닦아야 하는지, 머리를 언제 감아야 하는지, 몸을 어떻게 씻어야 하는지, 사타구니를 어떻게 닦아야 하는지 알려 주지 않는 부모들이 있죠. 아이들은 금방 잊고, 놀고, 소외되고, 냄새가 나요. 벽지를 삼키는 곰팡이 냄새. 덜 마른 빨래에서 나는 퀴퀴한 냄새. 방치된 설거지통 안에서 썩어 가는 음식물 냄새. 볕이 들지 않는 방 안의 습한 냄새. 벌레의 분비물 냄새. 술 냄새. 담배 냄새. 병든 냄새. 그런 냄새를 먹고 사니까 그런 냄새가 나는 거예요. 어른이 되어도 제 몸에서 나는 냄새들을 눈치 못 채는 분들이 있죠. 가여워라."

"저는 평범하게 자랐어요."

여자는 또 한 번 물을 따라 마셨다.

"그럼 부모님과 함께 살아요?"

그건 아니었다. 나는 여자의 말에 대답하고 싶지 않았다. 여자는 말을 이었다.

"알아요. 주영 씨는 그런 수준이 아니니까. 말하자면, 주영 씨는 이 별을 소화할 수 없는 몸을 타고났다는 거예요. 이 별 사람이 아닌데 이 별에서 난 것들을 뜯어 먹고 있으니 행성의 미움을 받는 거죠. 그래서 악취가 나는 거고."
"제가 외계인이라도 된다는 말이에요?"

이야기를 듣다 보니 기가 찼다.

"주영 씨는 아무 잘못이 없어요."

여자가 테이블 위에 올려놓은 내 두 손을 덥석 맞잡았다. 고생했다는 듯 힘주어 꾹 잡고 나서는 손등을 부드럽게 토닥였다. 그리고 한 손을 빼서 보온병에 있는 물을 탈탈 털어 컵에 담더니 나에게 건네주었다. 머릿속에 별의별 상상이 스쳐 지나갔다. 이상한 약을 탄 물을 마셔서 기절하게 된다든가, 눈을 떠 보니 신장이 없어진 뒤라든가 하는 그런 거. 하지만 지금껏 저 여자가 마셔 온 물이었다. 여자는 보온병에서 몇 번이나 물을 따라 마셨고 아무런 일이 벌어지지 않았고 이곳은 번화한 거리에 있는 3층짜리 패스트푸드점이었다. 나는 주변을 잠시 둘러보았다. 우리 주변에는 사람이 앉지 않았지만, 계단 몇 칸만 내려가면 모두들 햄버거를 입에 넣고 있을 터였다. 나는 보온병 컵 안에서 찰랑이는 적갈색 액체를 바라보았다.

무슨 기적의 물 따위를 파는 사기 단체에 속한 사람인 걸까. 그런 자들을 만나는 경우가 종종 있었다. 딸 같아서 알려 준다며, 좋은 기회를 잡으라며 이상한 약을 팔려는 사람들. 비만 세포며, 냄새

세포며, 존재하지 않는 세포를 체외로 배출시켜 주는 약이 있다고 주장하는 사람들. 엄마랑 아빠는 늘 사기꾼 약장수들에게 속아 괴상한 이름의 즙이나 알약을 사 왔다. 기대할 것이 없는데도 기대하는 모습이 싫어 집을 나왔지만 나 역시 언제나 기대를 잃지 못하고 있었다. 저 물을 마시면 뭔가가 달라질까. 사기를 쳐 놓고 오히려 돈을 내라고 하진 않을까. 땀이 흐르기 시작했다. 등허리부터 축축하게 몸이 젖어 들어갔다. 순식간에 땀이 고인 손바닥이 미끈거렸다. 속는 셈 치고 한 번만 마셔볼까. 나는 보온병 컵을 집어 들었다. 여자의 눈이 반달 모양으로 굽어졌다. 조심스럽게 입을 대고 한 모금 마셨다. 정말 딱 한 모금이었다. 입술을 겨우 적실 만큼 적은 양의 물이 내 혀끝을 촉촉이 감싸자 여자의 입이 벌어졌다.

"하하하하."

내 놀란 표정에도 아랑곳하지 않고 여자는 배를 잡은 채 웃어 댔다. 나는 컵을 황급히 내려놓았다. 내가 삼킨 그 한 모금의 물과 함께 수치심이 온몸에 퍼져 갔다. 나는 짐을 챙겨 용수철이 튀어 오르듯이 자리에서 일어났다. 급하게 몸을 일으켜서인지 의자가 쿠당탕 엎어졌다. 여자는 계속 웃었다. 나는 황급히 계단을 내려갔다. 여자의 웃음소리가 2층을 지나 1층까지 좇아오는 듯했다. 마침내, 사람들의 시선을 뚫고 가게 출입문 밖으로 나가려는 순간, 어느새 뒤쫓아 온 여자가 내 손목을 잡았다.

"그건 루이보스예요."

나는 놓으라는 듯 손목을 뿌리쳤다. 여자는 가느다란 몸을 크게 휘청였지만 손아귀 힘만은 굉장히 좋아서, 수갑처럼 내 손목을 놓치지 않았다. 여자는 끅끅대는 웃음을 멈추더니 가방에서 500mL짜리 페트병을 하나 꺼내 나에게 건넸다.

"이게 진짜고."

페트병 안엔 검은 물이 들어 있었다. 여자는 뚜껑을 열어 내 손에 그 물을 쥐여 주었다. 여자의 손은 무척이나 차가웠고, 뼈가 도드라져 딱딱했고, 페트병 속 찰랑이는 물은 너무나도 진한 검은색이었다. 사람들은 마스크로도 모자랐는지 입가를 손으로 거듭 가린 채 혐오스러운 것을 대하는 시선으로 소란스러운 우리를 쳐다보았다. 저 새까만 눈동자들을 모두 담아 놓은 듯한 시커먼 페트병이 소름끼쳐 나는 여자에게 잡혀 있던 손을 확 빼냈다. 페트병이 순간 공중으로 붕 떴고, 몇 번 여자의 손 위로 튕겼다. 병 속 물의 반은 내 몸에 쏟아지고, 나머지 반은 바닥에 쏟아졌다. 촤악- 쏟아진 새까만 물을 보며 '이게 다 뭐야.'라고 생각하기 무섭게 여자가 바닥으로 엎어졌다. 그녀는 쏟아진 검은 물이 아깝다는 듯이 혀를 내밀어 게걸스럽게 바닥을 핥아 댔다.

"아까워. 아까워. 아까워."

바닥을 기며 검은 물을 훑는 여자를 더 바라보지 못하고, 어떤 말도 더 꺼내지 못하고 나는 도망쳐 나왔다. 정체 모를 액체에 흠뻑 젖은 옷 안쪽으로 계속 물이 흐르는 듯한 느낌이 났다. 온몸이 흘러내리는 것만 같았던 친구와의 마지막 만남이 생각났다. 가쁜 숨을 내려놓고 걸음을 멈추니 갑자기 눈물이 쏟아졌다. 슬퍼서 우는 것이 아니었다. 화가 난 것도 아니었다. 그저 창피해서. 늘 말로만 내 주제를 안다고 떠벌렸지 사실은 이토록 주제를 모르는 사람이었다. 혹시나. 어쩌면. 설마. 이번에는. 항상 그런 말들로 현실을 외면했던 거다. 사기꾼, 미친놈, 병자, 의사가 아니고서야 오프라인에서 나와 대화하고 싶어 하는 사람은 없다는 걸 죽도록 인정하기가 싫었다. "내가 진짜 그 정도로 아니야? 그 정도로?"라는 혼잣말이 계속 나왔다. 한참을 웅얼거리다가 다시 걸었다. 그 정도로 아님에도 나는 살아 있고, 움직일 수 있으니까 걸어야만 했다. 그래야 집에 갈 수 있었다.

나는 울면서 거리를 걸어갔다. 지나가는 사람들이 힐끔힐끔 나를 바라보았다. 그들의 시선을 받는 일보다 더 창피했던 건 내가 흘린 눈물보다 내가 흘린 땀의 양이 더 많았다는 사실이었다. 자취방에

도착하자마자 옷을 벗어 버리리라. 냄새가 나지 않도록 지퍼 백에 넣어 꼭꼭 밀봉해서 버리리라. 나는 티셔츠 목 부근을 들어 눈물과 콧물을 닦았다. 한데 이상했다. 아무리 내 냄새라지만, 늘 스스로도 악취를 느끼곤 했는데. 이 정도로 땀을 흘렸으면 꽤나 독한 냄새가 티셔츠에서 나야 마땅한데…. 기묘하게도 여자의 검은 물로 흠뻑 젖은 티셔츠에서는 아무런 냄새가 나지 않았다.

"환자의 개인 정보를 알려 드릴 순 없습니다."

정신과 의사가 말했다. 나는 내 이야기를 믿지 않는 의사에 태도에 적잖이 화가 난 상태였다. 나는 지퍼 백에 넣어 둔 티셔츠를 의사 앞에 놓았다. 어제 온종일 입었고, 세탁하지 않았지만, 검은 물 덕분에 아무 냄새도 나지 않는다고 말이다. 나는 어제 같이 대기실에 있었던 여자가 정말로 내 문제를 고칠 수 있을 것 같다고 고백했다. 하지만 의사는 환자에 대한 정보 제공이 원칙상 불가능하단 말에 이어서, 그 사람은 나의 구원자가 아니라고 덧붙였다. 이곳에는 이따금 사상이 위험한 사람이 오기도 한다고. 그들은 유약한 사람을 귀신같이 골라내 자신의 머릿속에 든 사상을 전파한다고. 그런 부류의 정신적 문제가 있는 사람이 극단적으로 가면 사이비 교주가 된다는 말도 더했다. 내가 만난 여자가 전형적인 예라는 것이다. 하지만 내 시선은 오직 지퍼 백에 일절 손대지 않는 의사의 두 손에 닿아 있었다.

"… 제 말 안 믿으시죠?"
"주영 씨, 물로 액취증을 치료했다는 사례는 없어요."
"알아요. 그냥 냄새라도 맡아 보세요."

나는 지퍼 백을 뜯어 의사에게 던져 주고 싶었다. 의사는 그런 내 마음을 눈치챘는지 지퍼 백을 빼앗아 제 뒤로 숨겼다. 나는 손을 뻗었고, 의사는 한 걸음 물러났다. 나는 빼앗긴 물건을 되찾으려는 사람처럼 의사에게 달려들었고, 의사는 우당탕 의자를 넘어뜨리면서 일어서더니 뒷걸음치며 도망갔다. 우리는 작은 상담실을 한 바퀴 빙글 돌았다.

"진정하세요. 주영 씨. 솔직히 저는 비위가 약합니다. 제가 염려하는 건 지퍼 백을 열고 냄새를 맡다가 주영 씨 친구분과 같은 행동을 하게 되는 거예요. 마스크로 가려서 그렇지, 지금 콧구멍을 거즈로 막은 상태입니다. 그런데도 주영 씨가 이곳에 찾아왔다는 것을 현관문 너머에서부터 느낄 수 있었습니다. 그래서 주영 씨가 보는 자리에서는 냄새를 맡지 못하겠어요."
"선생님. 저 그런 걸로 상처 안 받아요."
"어떻게 할지 결정하는 건 의사인 제 몫입니다."

의사의 언성이 높아졌다. 상담실 너머까지 들릴 만한 크기였다. 의사는 잠시 숨을 고르더니 차분하게 말을 이어 나갔다.

"검은 물 덕분에 옷에서 냄새가 안 난다고 쳐 봅시다. 하지만 옷은 물건이고 주영 씨는 사람이잖아요. 지금 주영 씨는 알코올 소독제나 공업용 항균제를 마시고 싶다는 말을 하고 있는 거예요. 이 옷에서 냄새가 나느냐 마느냐 하는 문제보다 더 중요한 사안에 대해 이야기해 봅시다."

"이게 중요한 거 아니에요?"

그때, 문이 벌컥 열리며, 간호사가 들어왔다. 의사와 나는 상담실 벽 양 끝에 서서 대치 중인 상태였다. 간호사는 핸드폰을 손에 들고 있었다. 통화 연결음 소리가 나와 의사에게 들릴 만큼 컸다. 달칵, 전화를 받은 곳은 인근 경찰서였다. 간호사가 환자의 난동을 설명하는 와중에 나는 의사의 손에 들린 지퍼 백을 빼앗아 입구를 뜯듯이 연 다음 간호사의 얼굴에 던졌다. 철퍽, 소리와 함께 아직도 축축한 티셔츠가 간호사의 얼굴에 철썩 달라붙었다가 스르륵 떨어졌고, 긴장감이 맴도는 한순간 간호사가 욱, 헛구역질을 했다. 그 장면이 왜인지 나에겐 느린 화면처럼 보였다. 순식간에, 나는 시간 이동을 한 것만 같았다. 그날 홍대 앞에서 나와 친구를 에워쌌던 군중들이 다시금 이 자리에 일그러진 형상으로 나타나 주변을 맴돌고 있었다. 아니다. 여기는 병원이다. 나는 간호사가 있던 쪽을 바라보았다. 친구가 구토를 하고 있었다. 어. 의사는 한 선생, 을 외치며 간호사에게 재빨리 다가갔고, 그제야 나는 현실로 돌아왔다. 두 손이 떨리고 있었다. 나는 의사와 간호사를 지나쳐 바닥에 떨어진 티셔츠를 주워 들었다. 코를 들이대니 끔찍한 냄새가 났다. 어제까지만 해도 아무 냄새도 나지 않았는데. 평소보다 악취가 더 심해진 것 같았다. 이럴 리가 없다. 어제 아무런 냄새가 나지 않았던 것은 나만의 착각이 아니다. 아니어야만 한다. 나는 티셔츠를 손에 쥔 채 병원 밖으로 뛰쳐나왔다.

이제 의사는 내 말을 믿어 주지 않을 것이다. 경찰에 신고했으니 업무방해죄라든가 어떤 죄명이 붙은 서류가 자취방에 날아올지도 모른다. 아. 이 인생은 언제부터 꼬이기 시작한 걸까. 부모님이 독립하라며 자취방을 마련해 주었을 때? 수능을 망쳤을 때? 왕따를 당했을 때? 아니, 그냥 태어났을 때부터? 순간 내 손을 꼭 잡고 내게는 아무 잘못이 없다고 말해 주던 여자의 얼굴이 떠올랐다. 여자는 마스크를 안 쓰고 있었다. 의사처럼 콧속에 거즈를 밀어 넣고 있지도 않았다. 그 여자는 내 곁에서 내 말을 듣고, 내 문제의 해결 방법을 손에 쥐여 준 유일한 사람이라는 걸 이제야 깨달았다. 역시 그 여자를 다시 만나야 했다. 의사와의 대화에서 여자에 대한 정보를 알 수는 없었지만, 미루어 짐작건대 여자는 또다시 상담하러 의사를 찾아올 것이다. 그러니, 병원 앞에서 기다리기만 한다면, 여자를 만나는 건 시간문제였다. 나는 아주 시간이 많았다.

여자를 다시 만난 건 42일 3시간 18분이 지난 시점, 비 오는 오후 4시였다. 그간 나는 정신과 병원 진료 시간에 맞추어 병원 앞 건물 3층에 자리한 카페로 출퇴근을 했다. 가장 구석진 창가 자리에 앉아 두 시간마다 커피를 시켜 마셨다. 네다섯 잔의 커피와 디저트 세 개를 해치우고 나면 하루가 저물었다. 그렇게 열흘 정도 지냈을 무렵 카페 주인에게 본 카페 출입을 삼가 달라는 권고를 받고서는 병원 근처 공원을 서성였다. 마침내, 그 오랜 기다림이 끝나는 날이 왔다. 나는 여자를 한눈에 알아봤다. 여자는 처음 만난 날과 같이 단발머리에 카키색 원피스를 입고 투명한 비닐우산을 쓰고 있었다. 나는 달려가 여자를 붙잡았다. 갑작스럽게 누군가에게 어깨를 잡혀 뒤로 돌면서도 여자의 표정은 왠지 모르게 침착했다. 아니 오히려 나와 눈을 맞추고 배시시 눈웃음까지 지었다.

"그…. 물 어디서 살 수 있어요?"

내가 말했다. 긴장한 탓인지 관자놀이에서 땀이 흐르기 시작했다. 침묵을 지키며 나를 보는 여자의 표정을 살피고 있으려니 어째 실수를 한 것만 같았다. 인사부터 했어야 했나. 아니면 사과부터? 침이 바짝바짝 말랐다. 여자는 미리 준비한 듯 자신의 가방에서 처음 내게 줬던 페트병을 꺼낼 것처럼 움직이더니… 다시 가방 속에 집어넣었다.

"… 주영 씨, 건강하세요? 병은 없으시고?"

별안간 병력을 물어보는 것이 당황스러웠지만, 여자의 마음을 사고 싶어서 솔직하게 불었다. 나는 건강하고, 어떠한 병도, 가족력도 없다고. 여자는 추가로 디테일한 부분을 더 물어보았다. 검은 물을 얻어야 한다는 생각에 나는 온순히 여자의 물음에 모두 답했다. 혈액형에서부터 키와 몸무게까지. 여자는 잠시 침묵 속에서 고민을 이어 가는 듯하더니 이내 한마디를 꺼냈다.

"이따 새벽 1시에 다시 여기서 만나요."

그리고 여자는 돌아섰다. 나는 감사하다며 고개를 숙였다. 사실 인사는 했지만 감사할 일이 무엇인지 알 수 없었다. 여자는 병원 안이 아니라 그 반대편 골목 너머로 사라졌고 나는 난생처음 심장이 요동치는 감각을 느꼈다. 시간이 어떻게 흘러가는지도 몰랐다. 굳은 바위처럼 그곳에서 새벽이 될 때까지 기다렸다. 비는 계속 내렸고, 때때로 거세게 불어오는 바람에 우산을 쓰고 있었는데도 온몸이 축축해졌다.

약속한 시각이 다가왔을 무렵, 어쩌면 여자가 나를 피하려 거짓말을 한 것일지도 모른다는 의심을 하고 있는데 회색 스타렉스 한 대가 병원 앞에 스르륵 멈춰 섰다. 조수석 창문이 내려갔고 운전석에 앉아 있는 여자의 모습이 보였다.

"타세요."

여자가 말했고, 나는 조수석에 올라탔다. 차는 묵직한 엔진음을 내며 움직였다.

"어디로 가는 건가요?"

어느새 차는 도시를 벗어나 어딘지 모를 외곽 지역을 내달리고 있었다. 비가 얼마나 거세게 내리는지 와이퍼가 쉴 새 없이 움직이는데도 시야가 잘 확보되지 않는 듯했다. 여자는 앞이 다시 보일 때까지 잠시만 기다려 달라고 했다. 빗길 운전을 방해하지 말아야겠다 싶어 조용히 있다 보니, 문득 여자가 왜 나에게 병이 있는지 물어봤을까 싶었다. 어쩌면 말로만 듣던 장기 매매 현장에 제 발로 들어가고 있는 것일까. 나는 창밖을 보려는 척하면서 고개를 돌려 의자 뒤에 혹여나 숨은 사람이 있는지를 살펴보았다. 9인승 스타렉스 안에는 여자와 나 둘뿐이었다.

"무섭지 않아요? 이런 차에 제 발로 타는 거."

비가 잦아들자 여자가 말을 꺼냈다. 내 질문에

대한 대답은 아니었다. 차는 이제 산을 깎아 만든 경사진 도로 위를 달리고 있었다. 반대편 차선으로 내려오는 차는 한 대도 없었다.

"저한테 해코지하실 거예요?"
"하하하."

여자는 진심으로 웃긴다는 듯 웃었다. 그러곤 한 손으로 머리를 쓸어 넘기는 듯하더니 제 머리채를 뜯어냈다. 단번에 반질반질하고 허연 두피가 드러났다. 여자의 단발머리는 가발이었다.

"저는 암 환자예요. 지금은 3기고. 이식으로 낫는 병이 아니니 장기 걱정은 마세요."
"… 여기 계셔도 되는 거예요?"
"운이 좋았죠."

여자는 다시 입을 다물었다. 패스트푸드점에서 미친 듯이 웃을 때와는 전혀 다른, 너무나도 정상적으로 보이는 그 태도 어딘가에서 기시감이 느껴졌다. 어느새 차는 공사 중인 듯 바리케이드가 쳐진 곳까지 올라왔다. 주변은 어수선했고, 여자는 차를 세운 뒤 운전석에서 내렸다. 나는 따라 내려야 하나 잠시 눈치를 보다가 덜컹하고 트렁크가 열리는 소리에 청각을 곤두세웠다. 무언가를 분주하게 꺼내는 소리를 듣는 동안, '나 정말로 위험한 상황에 놓인 건가?'라는 본능적인 위기감과 그럼에도 불구하고 막연히 여자를 믿고 싶은 마음이 뒤엉

켰다. 슬며시 고개를 뒤로 내밀어 트렁크 쪽을 바라보았다. 검은 아스팔트 위로 쏟아지는 비는 보였지만 열린 트렁크 너머의 여자는 보이지 않았다. 그리고 들린 똑똑 소리. 화들짝 놀라 고개를 돌리니 조수석 창문 앞으로 여자가 와 있었다. 나오라며 손짓하는 여자는 검은 우비를 뒤집어쓴 차림이었고, 문을 열자 장화와 우비를 내 손에 들려 주었다. 잠깐 내 손을 스쳐 간 여자의 살결이 시리도록 차가웠다. 왠지 섬뜩한 기분이 들었지만 빗속에 서서 나를 빤히 바라보는 여자의 시선이 부담스러워 서둘러 우비와 장화를 착용했다. 장화는 내 발 크기보다 훨씬 큰 사이즈여서 문밖으로 나와 몇 걸음 걷자 꽤나 덜그럭거렸다. 여자는 다시 트렁크 쪽으로 가더니 이번에는 커다란 삽을 꺼냈다.

"들어 줄래요?"

잠시 긴장하면서 서 있던 나에게 여자가 삽을 건넸다. 내가 조심스럽게 삽자루를 들자 여자는 커다란 손전등을 꺼내 들곤 탁 소리 나게 트렁크 문을 닫았다. 동그란 손전등 불빛이 빗길을 밝혔고 여자는 바리케이드를 넘어가며 내게 따라오라는 듯 고갯짓을 했다. 나는 삽을 들고 여자의 뒤를 따랐다. 빗물로 젖은 흙바닥을 누비며 숲속으로 들어가고 있으려니, 삽을 나에게 건넨 것이 여자의 배려라는 생각이 들었다. 혹여라도 겁을 먹지 않도록 무기를 내준 것만 같았다. 우리는 말없이 질척이는 흙길을 걸어 올라갔다.

"여긴 어디예요?"

불안한 마음을 삼키기 위해 나는 입을 열었다.

"우연히. 발견된. 그런 거죠. 지금은 눈속임이지만."

나는 여자의 말을 영원히 이해할 수 없을 것 같다는 생각이 들었다. 여자는 말을 더 잇지 않았고 나 역시 구태여 질문을 더 붙이지 않았다. 비가 왔고 날이 꽤 쌀쌀했는데도 조금이라도 몸이 더워지면 금세 땀이 흘렀다. 우비 안쪽에서도 비가 내리는 듯 온몸이 축축해졌다. 10분 정도 올라갔을까. 새것으로 보이는 철조망 너머로, 잡초 하나 없는 거대한 공터가 눈앞에 펼쳐졌다. 그리고 거기에는 검은 우비를 입은 사람들이 비석처럼 곳곳에 서 있었다. 멈춰 있는 사람들이 정말로 살아 있는 사람이라는 것을 알아채기까지는 조금의 시간이 더 필요했다. 내가 긴장한 채 서 있는 사이 여자는 철조망 한편을 손으로 힘주어 밀어냈고, 철조망은 우리를 환영하듯 활짝 열렸다. 여자는 공터의 입구에서 잠시 주위를 살피다가 성큼성큼 앞으로 걸어갔다. 한 걸음 두 걸음 세 걸음… 오십 두 걸음을 직진하더니 돌연 방향을 꺾어 서른 걸음을 더 걸어갔다. 그리고 다시 한번 방향을 꺾어 여든여덟 걸음을 걷고는 멈춰 섰다. 여자를 쫓아 곁으로 바짝 다가가니, 그 앞에는 아주 작은 구덩이가 파여 있었다.

"주영 씨의 도움이 필요해요."

여자는 구덩이를 손으로 가리켰다. 나는 여자의 지시에 따라 구덩이에 삽질을 했다. 땅은 아주 부드러웠고 동시에 굉장히 질척거렸다. 몇 번의 삽질을 하자, 갈색이 아니라 검은색이 섞인 흙이 나오기 시작했다.

"조금만 더요."

여자의 말에 나는 계속 구덩이를 팠다. 검은 우비를 입은 다른 사람들은 이미 자기 몫의 구덩이를 파 놓았는지, 그저 제 앞의 구멍들을 바라보고 있을 뿐이었다.

"이제 됐어요."

기나긴 삽질은 여자의 선언으로 끝났다. 여자는 고개를 숙여 구덩이 안에 차오른 빗물을 바라보더니 이내 품에서 스포이트와 페트병을 꺼냈다. 나는 헉헉 숨을 고르며 여자와 함께 구덩이 안을 바라보았다. 흙탕물 그 자체가 된 빗물 속에서 돌연 석유처럼 검은 액체가 둥실 떠올랐다. 여자는 스포이트로 그 액체를 쏙 뽑아내 페트병 안에 옮겨 담았다. 저게 여자가 나에게 줬던 액체인가. 나는 주변을 돌아보았다. 가만히 서 있던 사람들이 하나둘 자기

앞의 구덩이에 고인 액체를 병에 담기 시작했다. 저 검은 액체와 물은 서로 밀도가 다른가. 어디서부터 어떻게 위로 떠오르는 걸까. 나는 페트병 안에 검은 물이 채워지는 모습을 한참 동안 바라보았다. 30분 정도 지났을까, 500mL짜리 페트병의 끝까지 검은 물이 채워졌다. 이토록 고생해 가며 얻었기 때문에 그토록 아까워했던 것일까. 나는 여자가 건넨 물을 모두 쏟아 버렸던 게 미안해졌다. 근데 그건 그거고. 대체 저 물의 정체는 뭐란 말인가. 나의 의문을 아는지 모르는지 여자는 페트병을 내게 건넸다. 나는 조심스레 받아 들었다.

"마셔요."

여자의 눈빛은 결연했다. 처음 겪는 상황이 계속 이어져 당혹스러웠지만 여기까지 따라온 이상 여자가 시키는 일을 끝까지 하는 수밖에 없었다. 나는 조심스레 페트병에 입을 가져다 댔다. 한 모금 삼킨 순간 난생처음 느껴 보는 역겨움이 입안에 퍼졌다. 욕지기가 올라와 순식간에 눈에 눈물이 고였다. 페트병을 내려놓으려는 순간 여자가 페트병의 바닥을 지그시 손으로 올렸다. 각도를 기울여 다시 내 입속으로 검은 물이 쏟아지도록. 그 손짓에 응답하듯 나는 페트병 안의 물을 삼키기 시작했다. 입안에 왈칵 들어오는 검은 물엔 어쩐지 점성이 있어 자동차 엔진오일이 입속으로 들어오는 것만 같았다. 아니, 바다에 버려진 폐기름이 이런 느낌일까.

“끝까지.”

단호한 여자의 말에 나는 꾸역꾸역 삼켜 냈다. 마지막 한 방울까지. 액체가 위장 속에서 요동쳤다. 울컥울컥하며 위쪽으로 역행하는 액체의 움직임에 나도 모르게 바닥에 무릎을 꿇었다. 식도가 들어온 것을 내보내려는 듯 수축하듯 꿀렁이며 턱까지 액체를 밀어 보냈다.

“삼키세요.”

여자가 말했고 나는 입을 두 손으로 막았다. 먹어서는 안 될 것을 먹은 것 같았다. 대체 뭘 먹인 거야, 라는 생각이 머릿속에서 수없이 반복되었다. 내가 잠시 미쳤던 것일까. 의사의 말이 맞았을지도 모른다. 잠시 눈이 멀어서 말도 안 되는 짓거리를 했을지도 모른다는 자책을 하는 가운데 의식이 흐릿해졌다. 시야가 비 오는 날의 차창 너머처럼 희미해졌다. 어딘가에서 누군가의 박수 소리가 들렸다. 우비를 입은 사람들이 쓰러져 바닥에 뒹구는 나를 향해 박수를 치는 것 같았다. 아니, 이것은 그저 흙바닥을 내리치듯 쏟아지는 빗소리다. 누가 이런 상황에서 박수를 친단 말인가. 올라오는 욕지기를 삼킬수록 정신이 더 혼미해져 갔다. 누군가가 내 어깨를 지그시 잡았다. 차갑고 앙상한 여자의 손이었다. 여자가 몸을 쭈그리고 앉아 바닥에 누운 내 얼굴을 응시했다. 여러 겹으로 겹쳐 보이던 여자의 형체가 하나로 합쳐질 무렵, 여자가 길게 찢어진 입으로 웃으며 내 앞에 양손을 펼쳤다. 짝. 그녀의 박수 소리와 함께 나는 완전히 정신을 잃었다.

다시 눈을 떴을 때, 나는 역겨운 냄새에 둘러싸여 있었다. 벌떡 일어나자마자 화장실로 직행했다. 꺽꺽거리며 모든 것을 토해 내고 나니 익숙한 방 구조가 눈에 들어왔다. 이곳은 나의 자취방이었다. 변기 물을 내리고 방 안 창문을 모두 열었다. 현관에는 여자가 빌려주었던 장화가 그대로 놓여 있었고, 나는 여전히 검은 우비를 입고 있었다. 땀이 흘러서인지 빗물에 젖어서인지 몸이 축축했고 추웠다. 하지만 소름 돋는 한기보다 더 깊숙이 내 안으로 들어오는 것은 이 집 안의 끔찍한 냄새였다.

나는 어떻게 집으로 돌아왔는지를 파악하기에 앞서 일단 이 냄새에서 벗어나고 싶었다. 먼저 입고 있던 옷들을 벗어 지퍼 백에 넣고 밀봉했다. 욕실로 달려가 온몸을 구석구석 닦았다. 뜨거운 물로 체온을 올리는데… 움푹 패였던 겨드랑이에 살이 차오른 게 느껴졌다. 이상하다 싶어 거울을 보니, 흉이 져서 거뭇했던 겨드랑이가 본래의 살색을 띠고 있었다. 나는 몸 여기저기를 매만졌다. 겨드랑이 말고는 크게 달라진 곳이 없는 것 같았지만 뭔가가 이전과 달라진 듯했다. 샤워를 마치고 나와 물기를 닦고, 얼마 전에 사 두었던 새 티셔츠를 입어 보았는데, 옷의 품이 미묘하게 크다는 느낌이 들었다. 그리고 무엇보다도… 벌써 땀이 나기 시작해 축축해야 할 몸이 여전히 뽀송했다.

왜지. 나는 손바닥을 코에 대고 숨을 훅 들이켰다. 체취가 느껴지지 않았다. 방금 샤워를 마치기는 했지만, 이렇게 향기로운 바디 워시의 냄새가 느껴지리라고는 예상하지 못했다. 그동안 내 몸에 닿는 것조차 거부하듯 사라졌던 향기가 온전히 내 살갗에 붙어 존재감을 내뿜었다. 냄새가 아니라 향기였다. 나는 온몸 구석구석에 코를 들이대고 향기를 맡았다. 내 말이 맞았다. 여자의 말이 맞았다. 의사는 틀렸고, 다른 사람들은 무지했다. 향기로운 사람이 되고 나니 이 고약한 체취들을 견디기 힘들어졌다. 곧바로 밖에 나가 100L짜리 쓰레기봉투를 사 왔다.

고된 노동의 시간이었다. 누렇게 변한 요와 이불도, 검은색만으로 가득한 옷장 속 옷들도, 큰맘 먹고 산 튼튼한 신발, 커튼, 곱창 머리 끈, 에코백, 샤워 볼, 수건까지 모조리 봉투 안에 넣어 버렸다. 집 안은 순식간에 휑해졌다. 남은 것이라곤 여벌로 사다 둔 티셔츠 몇 벌과 추리닝 바지 하나와 슬리퍼, 그리고 어젯밤 일이 사실이라고 말해 주는 듯한 검은 장화와 비옷뿐이었다. 온종일 열어 둔 창문 너머로, 여름 향기를 머금은 바람이 불어왔다. 다들 이렇게 살았던 거야. 나는 페브리즈를 뿌리고 냄새가 더 이상 느껴지지 않을 때까지 킁킁대다 잠이 들었다. 정신이 몽롱해지는 가운데 또렷한 다짐이 떠올랐다. 새 옷을 사야겠다.

다음 날 나는 번화가를 걸었다. 햇볕이 따가운데도 내 몸에서 흘러나오는 땀은 한 방울도 없었다. 가판대에 널려 있는 티셔츠를 누구보다 빠르게 계산하곤 죄지은 사람처럼 도망칠 필요가 없었다. 찬찬히 옷 가게 안으로 들어가 시간을 들여 이 옷 저 옷을 만지작거렸는데도 불쾌하다는 눈길을 전혀 받지 않았다.

"입어 보시겠어요?"

내 옆으로 바짝 붙은 점원의 말에 나는 바보같이 "정말요?" 하고 되물어 보았다. 점원은 맑게 웃으며 시착해서 핏감도 보시고, 느낌도 보시라며 내게 피팅 룸을 가리켰다. 금지된 구역의 입구처럼 늘 내 앞을 막고 있던 저 커튼. 나는 옷들을 움켜쥐곤 홀린 듯이 커튼 안으로 들어갔다. 내부는 생각보다 비좁았다. 사람 한 명이 겨우 몸을 숙여 옷을 갈아입을 수 있을 정도의 협소한 크기. 거울은 심지어 피팅 룸 밖에 있었다. 나는 무대에 오르는 배우처럼 몇 번이나 커튼을 여닫으며 옷을 갈아입었다. 점원은 내가 나올 때마다 색이 어떻다느니, 핏이 어떻다느니 이야기를 했지만 귀에 잘 들어오지 않았다. 내게 가장 중요한 사실은 내가 머무른 피팅 룸 안에서, 내가 벗은 옷에서 아무런 냄새가 나지 않는다는 거였다. 몇 번의 환복 끝에 나는 가게 안에서 입어 보았던 모든 옷을 결제했다.

이튿날 나는 샴푸와 바디 워시를 세 번이나 바르고 헹궜다. 그리고 깔끔한 차림으로 본가를 찾았다. 달라진 상황을 가족에게 전하고 싶기도 했고, 택시가 아니라 대중교통 수단을 이용해도 괜찮은지 시험해 보고 싶기도 했다.

지하철은 수년 만이었다. 일회용 교통 카드를 발급받고 떨리는 마음으로 개찰구 안으로 들어섰다. 나는 의식적으로 눈을 굴리며 주변을 살폈다. 그 누구도 나를 신경 쓰지 않았다. 지하철에 올라 사람들 틈바구니에 서 있는 동안에도 마찬가지였다. 빨지 않은 걸레 냄새가 난다는 말과 함께 들려오는 욕설도, 사람을 벌레 취급하는 눈초리도, 구역질을 애써 참는 움직임도 없었다. 집에 도착해 초인종을 누른 뒤 엄마를 부를 때까지. 나는 투명 인간이 된 것만 같았다. 그토록 아무도 나에게 관심이 없었다. 눈물이 고였다. 이윽고 문이 열리고, 새까만 방독면을 쓴 사람이 나왔다.

"주영이라고?"

엄마였다. 목소리에서 경계심이 느껴졌다. 현관문이 가로막고 있는데도 내가 집 근처에 왔음을 거실에서 단번에 알아채던 엄마였다. 엄마는 비위가 약해서 평소 나를 만날 때면 간이 방독면을 착용하곤 했다. 나는 더 이상 냄새가 나지 않게 되었다고 말했다. 너무나도 오랜만에 마스크를 벗은 엄마의 모습을 보았다. 엄마는 조심스럽게 내 앞으로 다가오더니, 와락 나를 끌어안았다. 내 어깨에 얼굴을 파묻은 엄마가 코로 스으읍 숨을 들이쉬는 소리가 귓가에 들렸다. 엄마는 말을 더듬으며, 어떻게 된 일이냐고 물었다. 나는 특별한 물을 마셨다고 고백했다. 병원에서 어떤 환자를 만나 그 물을 소개받았는데…. 사실을 전부 말하지는 않았다. 우리 가족이 약장수들을 만났을 때 듣곤 했던 흔한 레퍼토리를 조금 변형했다. 수없이 속아 왔던 세월이 지금 이 순간을 위해 존재했던 것만 같다며, 엄마는 울었다. 우리 집안에는 액취증을 가진 사람이 하나도 없었다. 액취증은 유전의 영향을 많이 받는 병인 만큼 나는 정말 특이한 케이스였다. 그래서 원망의 화살을 부모에게 돌리기도 DNA 탓을 하기도 애매했더랬다. 내가 나를 탓할까 봐 엄마는 늘 죄인을 자처했고, 비위가 약해 가족 중에서도 유독 딸을 못 만나는 자신을 혹독하게 다그쳤다.

“우리 딸, 밥 먹자.”

그날 우리 가족은 처음으로 한 식탁 앞에 앉아 고기를 구워 먹었다. 아빠가 이런 날엔 소고기를 먹어야 한다며 양손 가득 장을 봐 왔다. 이제 더는 죄수처럼 방 안에 갇혀 식사할 필요가 없었다. 무심결에 배식판을 들었던 엄마가 눈시울을 붉히며 밥그릇을 들었다. 커다란 냄비 안을 여러 수저가 뒤적여도 괜찮은 평범한 식사. 가장 알맞게 구워진 고기 한 점이 내 밥그릇 위로 올라왔다. 나는 조심스럽게 고기를 입에 넣었다.

- 욱.

엄마와 아빠가 동시에 나를 바라보았다. 나는 혀를 씹었다고 둘러댔다. 하지만 확실히 느낄 수 있었다. 엄청난 역겨움을. 나는 이 자리의 행복한 분위기를 깨뜨리고 싶지 않았다. 맛이 느껴지기 전에 음식물을 삼켜 보기로 했다. 엄마가 만든 반찬과 아빠가 사 온 고기가 순식간에 식도 아래로 넘어갔다. 씹지도 않고 삼켜 내니 먹는 속도가 빠르다는 것이 눈에 띌 수밖에 없었다. 엄마와 아빠는 그런 나를 보고 천천히 먹어도 괜찮다고 여러 번 말해 주었다. 어떤 맘으로 하는 말인지 알기에 나는 목이 메었다. 그 순간 불현듯 여자가 했던 말이 생각났다.

"내가 먹는 게 내가 되는 거예요."

나는 대체 무슨 액체를 마셨기에 이런 상태가 된 것일까. 머릿속이 아득해졌다. 식탁에 오른 음식 중에 역하지 않은 것은 없었다. 식사를 다 마쳤을 때 아빠는 자취방을 정리하고 집으로 돌아오길 권했다. 돌아온다 해도 함께 식사하기는 힘들 것 같다는 생각이 들었지만, 나는 알겠다고 대답하고 있었다.

한 달 무렵을 본가에서 지내다가 아빠의 성화 때문에 자취방을 정리하러 돌아왔다. 연립 빌라 옥탑에 있는 자취방으로 이어지는 계단을 모두 올라가니, 여자가 문 앞에 서 있었다. 나는 반가운 마음에 인사를 건넸는데 여자는 섬찟해질 만큼 험악한 표정으로 달려와 내 양어깨를 붙잡았다. 손톱이 파고들 만큼 세게 움켜쥔 그 힘보다 더 놀라웠던 건, 퉁퉁 부은 여자의 얼굴과 시퍼렇게 멍든 두 눈이었다. 나는 오랜만이라며, 연락할 방도가 없었다고, 여러 가지로 신세를 졌다고, 물을 권해 준 것도, 그때 기절한 나를 집에 데려다준 것도 고맙다고 이야기했다. 여자는 눈 한 번 깜빡이지 않은 채 나를 계속 노려보았다. 해명할 말이 떨어져 가고 있었다. 침묵이 우리 사이를 비집고 들어왔다. 어떻게 해야 할지 몰라 눈동자만 굴리고 있던 그때 여자가 입을 열었다.

"나는… 횡문근 육종 환자예요. 근육에 암이 생긴 거예요. 이제 시간이 없어요. 매일 밤 비가 오길 기다렸어요. 일주일 전에 비가 왔지만 그땐 주영 씨가 없었고…. 내가 준 물을 먹고 뒤다가 뒤져 버린 줄 알았어요. 내 속이 어땠을지 짐작이 돼요?"

"… 죄송합니다."

"나는 물을 먹어야 해요. 그 물을 주영 씨가 버렸으니까! 주영 씨가 먹었으니까! 내 물이 없다고! 근데 네가 어떻게! 어떻게!"

여자는 씩씩거리더니만 분을 이기지 못한 듯 이내 바닥에 주저앉았다. 나는 여자를 부축해 자취방 안으로 데리고 들어왔다. 침대에 여자를 눕힌 뒤 조금만 진정하고서 다시 이야기를 나누자고 제안했다. 여자는 어지러운 듯 두 손으로 얼굴을 감싼 채 얼굴을 꾹 누르더니 감정을 꾹꾹 눌러 담은 목소리로 흥분해서 미안하다고 말했다.

나는 숙연해졌다. 파리한 여자의 몰골을 보고 있으려니 너무나도 큰 죄를 지은 것만 같았다. 나는 사과해야 할 사람은 오히려 나라며 다시 한번 고개 숙였다. 진정이 된 건지 아니면 몸이 좀 나아진 건지 여자는 상체를 일으켜 앉았다. 그러곤 현관 한편에 내려놓은 자신의 핸드백을 가리켰고 나는 말 잘 듣는 조수처럼 그녀의 앞에 가방을 대령했다.

여자는 보온병을 꺼내 차를 마시기 시작했다. 여자의 목을 타고 넘어가는 음료를 나도 모르게 뚫어져라 응시했다. 저건 루이보스 티가 아닐 것이다. 나는 여자와의 첫 만남 때 여자가 루이보스 티를 마셨던 것을 기억하고 있었기에 내게도 루이보스 티가 역하지 않을 거라 기대했었다. 하지만 검은 물 말고는 아무것도 정상적으로 먹을 수 없었다. 그럼 저건 뭘까.

"오늘 밤 12시에 이 앞으로 올게요."

여자가 입을 열었다. 이어서 그 작은 우물에서 나오는 물의 양은 한정되어 있고, 한 병을 마시면 효과가 두세 달밖에 가지 않는다고 말했다. 구덩이에서 물을 채집하기 위해선 내 도움이 필요하다는 것이었다. 그제야 나는 여자가 나를 찾아 이 사실을 말해주지 않았더라면 나의 행복이 시한부로 끝나 버렸을지도 모른다는 생각에 오싹해졌다. 여자는 우물이 마르기 전에 물을 채집해야 하며, 내일 새벽에 그 우물을 더욱 깊숙이 파는 작업을 해야만 한다고 누차 강조했다. 가방을 정리하고 비틀비틀 일어서는 여자의 모습을 보니 참을 수 없이 불안해졌다. 나는 엉거주춤 일어나 여자의 차갑고 앙상한 손목을 잡았다. 여자가 힘없이 뒤돌아 나를 보았다.

"같이 가요…."

나는 혹여 여자가 돌아오지 않는다면 아까 이 여자가 광분했듯이 엄청난 감정이 내 안에서 요동치리라는 것을 직감했다. 여자는 자신의 집에서 챙겨

가야 할 물건들이 있다고 말했고 나는 몸이 안 좋아 보이는 여자를 부축할 겸 따라가겠다고 말했다. 밤이 오고 비가 내릴 때까지 함께 기다리다가 그곳에 가자고 말이다. 거듭 동행을 요구하는 나를 물끄러미 바라보던 여자는 이내 배시시 웃어 보였다. 퉁퉁 부은 얼굴에 무심하게 쭉 가로선을 그은 것 같은 입술이 기괴해 보였다.

"그래요. 같이 가요."

비틀대는 여자를 따라 계단을 내려가니, 여자의 스타렉스 차량이 주차 선을 무시한 채 비스듬하게 세워져 있었다. 여자는 힘겹게 운전석에 올라탔고, 나는 조수석에 올라탔다. 침묵 속에서 달리는 차. 나는 미안한 마음에 여자를 계속 힐끔거렸지만, 여자는 전방 주시에 힘쓰고 있을 뿐이었다. 나는 화젯거리를 찾으려고 여자와 마지막으로 만났던 날의 일을 되새겨 보았는데… 새삼 여자가 어떻게 내 집 주소를 알고 나를 데려다주었으며, 다시금 집 앞에서 나를 기다리고 있었는지 도무지 모르겠다는 결론에 도달했다.

그날 나는 구덩이가 가득한 비 오는 밤의 공터에서 기절했다. 그전까지 나는 한 번도 집 주소를 여자에게 말한 적이 없었다. 여자가 내 주소를 알게 될 만한 상황이 일어나지도 않았다. 우리는 병원 앞에서 만났고, 그 앞에서 차를 탔으니까. 순간 머리에서부터 발끝까지 오소소 소름이 돋았다. 게다가 그 물을 마신 뒤로 식사가 역해진 건 무슨 영문이란 말인가. 나는 지난 한 달간 패스트푸드점에서 보았던 여자처럼 식사했다. 그저 배를 채우기 위해서 한꺼번에 많은 양을 필사적으로 입안에 밀어 넣으려는 몸부림. 한 달 새 체중이 훅 줄었다. 식사다운 식사를 하지 못해서인지 다른 이유가 있어서인지는 몰라도 여자를 닮아 가고 있음에 틀림없었다.

"그 물을 마시고 나서부터요…. 음식이 역겨워요."

조심스레 말을 꺼냈다. 여자는 퉁퉁 부은 입술을 가까스로 열며 흐흣흐, 웃었다.

"이제 달라졌는데, 이 별의 것을 파먹어서 그러죠."
"네?"
"양수가 몸 밖이 아니라 몸 안에 들어차서 육신을 보호해 주는 거예요."

여자가 하는 알아들을 수 없는 말들을 듣고 있자니 왠지 두려운 마음이 더 커졌다. 차는 인적이 드문 도로를 향해 내달리고 있었다.

"우리 집 주소는 어떻게 아셨어요?"
"냄새가 나잖아요, 주영 씨 집은."
"개도 아니고… 어떻게 그걸로만 찾아요."
"잠깐 개를 묻었거든요."
"네?"

"주영 씨. 제 핸드백 안에 물이 있어요."

여자의 목소리는 파들파들 떨리고 있었다.

"처음 그 물을 마실 때는 효과가 한 달도 채 안 가거든요. 제가 항암 때문에 조금이라도 역한 냄새가 나면 못 참아서… 혹시 모르니 꺼내서 마셔 줄래요?"

나는 조심스럽게 뒤로 돌아 뒷좌석에 놓인 여자의 검은 핸드백을 집었다. 역시나 500mL 페트병 안에 검은 물이 꽉꽉 들어차 있었다. 나는 병뚜껑을 열면서, 이렇게 한 병을 가득 채울 정도의 물을 갖고 있다면 아까 여자가 광분할 필요는 없지 않았나 하는 생각이 들었다. 물을 준 것이야 고마운데 그런 행동까지 날 위한 거라고 보기는 어렵지 않나? 한번 품은 의심은 걷잡을 수 없이 커졌다. 하지만 그 의심을 집어삼키려는 듯 검은 물 안쪽에서 깊숙한 냄새가 풍겨 나와 내 모든 신경을 사로잡았다.

"단내가 나죠?"

여자의 말이 맞았다. 처음에 마셨을 때 느낀 역겨움은 사라졌다. 그저 뚜껑만 열었을 뿐인데도 입에 침이 고였다. 한 달 만에 만난 침이 고이는 음식이라니. 나는 의심을 이어 가지 못하고 허겁지겁 검은 물을 마셨다.

"나는 오늘을 위해서 정신과를 다녔어요."

병을 깨끗이 비워 내자마자 여자가 말했다. 나는 페트병 안의 물을 단 한 방울도 남기지 않으려고 탈탈 털어 마신 참이었다.

"거기 가면, 수면제를 주잖아요."

여자의 작은 웃음소리가 귓가에 윙윙 울리기 시작했다. "네?"라고 대답하기도 전에 의식이 희미해졌다.

다시 눈을 떴을 땐 암흑 속이었다. 눈을 뜨나 감으나 시야에 비치는 건 오직 검은색뿐이었다. 쿨럭이며 숨을 내뱉어 봤지만 숨이 퍼져 갈 공간조차 없는 듯했다. 축축한 흙 비린내가 콧속을 파고들었다. 몸이 둥글게 말린 채로 땅속 깊은 곳에 묻힌 것 같았다. 옷은 죄다 벗겨져 있었다. 순간 머리가 욱신거렸다. 몸을 짓누르는 흙의 무게를 이겨 내며 조심조심 관자놀이께로 손을 가져다 대자, 끈적한 무언가가 손끝에 닿았다.

피다.

직감적으로 알아챘다. 뒤통수부터 관자놀이까지에 심장이라도 달린 듯 머리통 전체가 쿵쿵 뛰고 욱신거리는 원인은 아마 여자일 것이다. 나를 수면제로 기절시킨 뒤, 차 트렁크에 넣어 두었던 그 삽으로 내리친 것이다.

대체 왜 그랬을까. 상황 파악을 하는 도중에 덜컥 숨이 막혀 왔다. 우선 이곳에서 나가야 했다. 어디가 위이고 어디가 아래인지는 흙더미에 가해지는 중력이 알려 주었다. 하지만 흙을 삼키고 싶은 게 아닌 이상 고개를 쳐들 순 없었다. 나는 고개를 숙인 채 왼손으로는 코와 입 주변을 감싸 숨 쉴 작은 공간을 만들었다. 남은 손으로는 머리 위쪽의 흙더미를 긁었다.

다행히도 흙은 삽질로 부서져서인지 부드러웠다. 지금은 낮일까 밤일까. 정신을 잃은 뒤 얼마나 지났을까. 조바심이 나서 흙 속을 헤집는 손이 달달 떨렸다. 나는 헤엄치듯 다리를 허우적거리며 위로 올라가려 애썼다. 있는 힘을 다해 움직이고 있었지만 당최 내가 잘 나아가고 있는 것인지 알 수가 없었다. 움직이면 움직일수록 오히려 죽음이 더욱 가까이 다가오는 것만 같았다. 실수인지 오만인지 여자는 내 죽음을 확인하지 않은 모양이다. 부스러진 흙 알갱이 사이사이의 공기 덕분에 아직은 호흡할 수 있지만, 언제 이 숨이 끊어질지는 모르는 일이다. 굴을 아무리 파도 끝이 보이지 않았고 가슴은 점점 갑갑해졌다. 나는 더욱더 미친 듯이 손을 휘저었다. 비가 오고 있는지 땅이 진흙처럼 질척해지는 게 느껴졌다. 진흙에 둘러싸이게 된다면 얕게 숨을 쉬는 일조차 불가능해질 수도 있다. 나는 거듭 손을 내저었다. 흙더미를 헤치느라 손끝이 아렸고 손톱 사이로 자잘한 돌 알갱이가 파고들어 고통스러웠다.

그렇게 얼마간의 시간이 흘렀다. 몸이 떨려 이빨이 딱딱 부딪혔다. 이렇게 무작정 판다고 해서 정말 나갈 수 있을까. 불안감이 새어 나오듯 눈물이 났다. 숨이 턱 끝까지 차오르는 듯해 두 손으로 입을 막았다. 인생이 여기서 끝난다는 것을 받아들여야 할지도 모른다는 공포가 내 정신을 집어삼켰다. 무서워. 무서워. 무서워. 나는 토해 내듯 울부짖었다. 빠져나갈 수 없는 비명들이 먹먹히 내 몸에 퍼져 오롯이 내 고막에만 닿았다.

내가 뭘 그렇게 잘못했어. 내가 뭘. 나는 다시 손을 내뻗어 땅을 파기 시작했다. 전진해 나가려는데, 손끝에 무언가 걸렸다. 주름지고 촉촉한 무언가. 용기 내 손으로 움켜쥐자 꿈틀거리기까지 했다. 이게 대체 뭘까. 시각이 완전히 차단된 공간에서, 상상만 끊임없이 뻗어 갔다. 지렁이라기엔 너무 컸고, 뱀이라기엔 질척거렸으며, 나무뿌리라기엔 포유류의 살처럼 부드러웠고, 무엇보다도… 침이 고였다.

나는 그 촉수 같은 것에 바짝 코와 입을 맞대었다. 단내가 났다. 침이 줄줄 입 밖으로 새어 나왔다. 먹고 싶다는 본능이 앞서 그것을 이빨로 물어뜯었다. 탄력 있는 표면이 툭 터지고, 액체가 쏟아져 나왔다. 허겁지겁 들이마신 액체의 맛은, 내가 여자에게 받았던 검은 물의 맛이었다. 한차례 목을 축이며, 나는 여자에게 이끌려 와 구덩이를 팠던 그곳에 묻혔다는 것을 깨달았다. 그리고 검은 물은 바로 이 촉수에서 만들어지는 것이었다. 한바탕 액체를 쏟아 낸 촉수의 텅 빈 공간을 통해 바람이 느껴졌다. 잠시 숨을 고를 무렵 뜯긴 촉수가 내 팔뚝에 달라붙었다. 미세한 실 같은 것이 땀구멍 하나하나를 파고드는 느낌이 들었다. 나는 촉수를 황급히 떼고 아까보다 빠른 속도로 땅을 파냈다. 이번엔 딱딱한 것이 손에 닿았다. 돌이라기엔, 인간의 이목구비 비슷한 굴곡이 만져졌고 젖은 머리카락의 감촉이 느껴졌다. 미라 같은 주름진 형체에 촉수 같은 것들이 탯줄처럼, 마치 예전부터 한 덩어리였던 것처럼 달라붙어 있었다. 이제야 머릿속의 퍼즐 조각이 맞춰지는 것 같았다. 나는 미라가 있는 곳을 통과해 계속해서 위를 향해 움직였다. 흙이 부드러웠던 구간을 지나 딱딱한 곳을 허물고 또 허문 결과, 뻗은 손가락 끝이 푹, 하고 구멍을 뚫었고 살랑이는 바람을 느낄 수 있었다. 살고 싶었다. 손끝에 물방울이 떨어지는 촉감이 느껴졌다. 투둑투둑 빗줄기가 땅에 처박히는 소리가 들리기 시작했다. 사람답게 살고 싶었다.

이윽고 빛이 느껴졌다. 사실 조그맣게 뚫린 구멍 사이로 보인 밤하늘이었지만, 깊고 깊은 구덩이 속에 있던 인간에게는 희미한 달빛마저 눈부셨다. 사람처럼 살고 싶었다. 나는 드디어 땅속에서 빠져나왔다. 탯줄 같은 촉수들을 모두 떼고 온 줄 알았는데 아직도 몇 가닥이 내 발목에 들러붙어 있었다. 힘을 주어 끊어 내자 검은 액체를 흘리며 땅속으로 사라졌다. 가늘었던 빗줄기가 점점 더 거세어졌다.

나는 입안의 흙과 내 안의 모든 것을 뱉어 낼 기세로 꺼억꺼억 구역질을 해 댔다. 글자로 옮길 수 없는 절규가 쏟아졌다. 입술은 바들바들 떨렸고 괴로움이 눈물샘을 짓누른 듯 눈물이 자꾸만 터져 나왔다. 몸을 감싸고 있던 검은 액체가 빗물에 씻겨 내려갔다. 빗방울이 살 위로 떨어질 때마다, 탄산음료를 컵에 따랐을 때처럼, 기포가 터지는 소리가 귓속을 울렸다. 톡. 토독 톡톡. 온몸의 세포들이 다시 태어나는 것 같았다.

나는 다리에 힘을 주고 일어섰다. 길고 긴 숨을 내쉬고 나니 몸은 비틀거릴지언정 정신만큼은 내가 살아왔던 그 어느 날보다도 또렷해졌다. 살았다. 땅속 촉수들과 그것들이 내뱉는 검은 물의 정체가 무엇인지는 중요한 것이 아니었다. 나는 살아 있다. 살아남지 못한 것들은 땅 아래서 썩어 다른 생물의 양분이 된다. 나는 양분이 되기는커녕, 도리어 다른 존재의 단물을 빨아 먹는 인간이다. 입가로 웃음이 새어 나왔다. 고개를 돌려 주변을 살펴보았다. 저 멀리 검은 우비를 입은 사람들이 흐릿하게 보였다. 나는 황급히 공터를 벗어났다. 여자는 다시 이곳에 올 것이다. 나는 여자를 다시 만나야만 했다.

공터를 둘러싸고 있는 숲으로 들어갔다. 여자와 함께 걸었던 길 양옆에 위치한 숲이었다. 흙바닥을 밟는 장화 소리가 자박자박 들려왔다. 나는 몸을 숨겨 언덕을 오르는 그들을 살펴보았다. 우비를 뒤집어쓰고 있어서 제대로 파악할 수 없었지만, 그들의 체격을 보니 여자 같지는 않았다. 나는 조심스럽게 숲 아래쪽을 향해 내려갔다. 나뭇잎과 돌들이 발바닥을 찔러 댔지만, 그런 걸 신경 쓸 때가 아니었다. 키 작은 나무들의 가지에 온몸이 긁혔지만, 이 또한 괜찮았다. 추위에 대한 감각이 마비될 정도로 몸이 차가워지고 있었지만 내 관심사는 오로지 여자를 만나는 것이었다.

숲이 끝나는 지점에 다다랐을 때, 나는 여자의 스타렉스 차량을 발견했다. 운전석에는 여자가 없었다. 나는 차창을 깰 수 있을 만한 무언가를 찾았다. 마침 머리통 크기의 돌이 보였고, 들어 보니 이 정도 무게라면 충분할 것 같았다. 돌을 힘차게 집어 들었을 무렵, 탁 하고 트렁크 문이 닫히는 소리가 들렸다.

소리 나는 곳으로 고개를 돌리자 검은 비옷을 입은 여자가 삽을 들고 터덜터덜 걸음을 옮기는 모습이 보였다. 나는 조용히 숨을 죽인 채 여자의 움직임을 관찰했다. 스르륵 탁. 스르륵 탁. 빗물인지 땀인지 모를 액체가 손바닥을 축축이 적셨다. 스르륵 탁. 스르륵 탁. 삽을 바닥에 질질 끌며 길을 올라가는 여자는 실실 웃고 있었다. 내가 숨은 곳 근처까지 여자가 다가오기만을 기다렸다. 물에 흠뻑 젖은 나뭇잎 위로 나의 맨발바닥이 살포시 닿았다. 스르륵 탁. 스르륵 탁. 여자는 내 앞을 지나쳐 언덕을 오르기 시작했고, 나는 여자가 걷는 길가로 발걸음을 내디뎠다. 실오라기 하나 걸치지 않은 이 몸은 물컹거리고 푹신해서, 포장도로에 닿아도 소리가 전혀 나지 않았다. 스르륵 탁. 스르륵. 여자가 수상한 낌새를 눈치챈 듯 걸음을 멈추고, 뒤를 돌아보려는 그때 나는 돌로 여자의 머리를 내리쳤다. 여자는 비명 한 번 지르지 못한 채, 바닥에 툭 쓰러졌다. 이렇게 쉽다니. 나는 달달 떨리는 손으로 돌덩이를 다시 들어 여자의 머리에 두어 번 더 내리쳤다. 나처럼 제대로 죽지 않았을까 봐서, 겁이 나서 몇 번을 거듭 내리쳤다. 우두둑, 하고 두개골이 으스러지는 소리가 들렸을 즈음 움직임을 멈췄다. 나는 여자의 품에서 차 키를 꺼냈다. 몸이 발발 떨리는 이유가 사람을 죽여서인지 추워서인지는 알 수 없었지만 이대로 빗속을 걸을 순 없다는 건 분명했다. 나는 여자가 몰았던 차가 있는 곳으로 내달려 갔다.

차 안의 온도는 확실히 바깥과 달랐다. 급하게 히터를 켜고서 수건 비슷한 물건을 찾아 주변을 살피니, 조수석 대시보드 아래 서랍에 티슈가 있었다. 나는 티슈로 몸을 닦았다. 앞좌석 뒤편에는 내가 입고 온 옷들이 쓰레기봉투 안에 담겨 있었다. 봉투를 찢어 내 옷들을 살펴보았다. 벗기기 좋게 만들 심산이었는지 가위로 잘라 내서 다시 입을 수 있는 형태가 아니었다. 나는 뒷좌석 쪽으로 넘어가 여자의 트렁크를 뒤진 끝에 그 속에서 검은 비옷 여벌을 찾아냈다. 맨몸에 우비를 뒤집어쓰고 차에서 나왔다. 언덕길에는 여전히 여자가 누워 있었고, 경사를 따라 붉은 피가 흘러내리고 있었다. 나는 여자의 발목을 잡아 차가 있는 곳까지 질질 끌고 내려왔다. 조수석에 여자를 걸쳐 두고 우비 안쪽의 뽀송뽀송한 옷들을 벗겨 냈다. 여자의 머리에서 흐른 피가 옷에 묻었지만, 이 추위에서 조금이나마 벗어날 수 있다면 아무래도 상관없었다. 나에게는 몸을 감쌀 외피가 필요했다. 이 몸은 너무 약하기 때문에 뒷일을 해결하기 위해서는 정비해 둘 필요가 있었다. 시간은 벌써 새벽 1시에 가까워지고 있었다. 나는 여자의 옷으로 갈아입은 다음, 알몸이 된 여자를 끌고 언덕을 오르기 시작했다. 어느새 우비 안은 땀으로 축축해졌다.

다시금 그 공터에 도착해 보니 처음 봤던 모습 그대로 철조망이 둘려 있었다. 검은 우비를 입은 사람들이 무언가를 기다리듯 구덩이 앞에 서 있었다. 나는 여자의 시체를 잠시 바닥에 내려놓고 숨을 골랐다. 안쪽으로 들어가는 입구를 알려 줄 다른 이가 필요했다. 얼마 안 있어 비옷 차림의 누군가가 공터에 도착해, 철조망 입구를 열고 안으로 들어갔다. 나는 그쪽으로 여자의 시체를 끌고 갔다. 흐릿한 기억을 더듬어 여자의 이동 경로를 떠올렸다. 앞으로 오십 두 걸음. 방향을 꺾어 서른 걸음. 다시 방향을 꺾어 여든여덟 걸음. 나는 물이 찰랑 차오른 구덩이 앞에 도착했다.

나는 손으로 흙을 파기 시작했다. 그러자, 검은 우비를 입은 한 남자가 내게 다가왔다. 여자를 죽였다는 태가 난 것일까. 잔뜩 두려워하고 있는데 그 남자는 손가락으로 내 뒤쪽의 먼 곳을 가리켰다. 남자와 눈이 마주쳤다. 남자는 아무 말도 하지 않았지만, 내 머릿속으로 남자의 생각이 흘러들어오는 것만 같았다. 이것은 너의 우물이 아니다. 그 말에 머릿속이 새하얘지는 기분이 들었다. 나는 공터를 둘러보았다. 내가 파 내려가야 할 곳이 어디인지 찾으려 두리번거렸다. 그 순간, 고개를 돌린 방향에서 단내가 풍겼다. 나는 개처럼 땅에 코를 박고 무릎으로 기어 다니며 단내가 나는 곳을 찾았다. 그러다 아무도 자리하지 않은 구석진 곳에 멈춰 섰다. 바로 이 아래서 참을 수 없이 달콤한 냄새가 났다. 이곳이었다. 나는 여자의 시체를 이곳까지 끌고 왔다.

남자는 내 옆으로 와 삽을 건네주었다. 나는 그에게 빌린 삽을 가지고 땅을 팠다. 나를 위한 구덩이였다. 깊고 깊은 굴을 파 내려갈수록 입가에 점점 미소가 번졌다. 통 안의 잼을 퍼내는 것처럼, 질척한 흙을 퍼내는 건 어렵지 않았고, 삽질이 계속될수록 이 단순한 동작이 만드는 리듬에 기분이 좋아졌다. 무아지경으로 판 끝에 땅 위로 내 머리통만 겨우 나오게 되었을 무렵, 뭔가가 내 어깨를 툭툭 쳤다. 뒤돌아보니 삽을 빌려준 남자가 내게 손을 내밀고 있었다. 축축하고 차가운 그의 손을 잡고 나는 구덩이 위로 올라왔다. 빗물이 구덩이 안을 채워 갔다. 남자는 여자의 몸을 구덩이 안으로 밀어 넣었다. 파 내려간 깊이가 생각보다 얕은 것 같아 약간의 걱정이 밀려왔지만 이내 여자의 몸은 늪에 빠지듯이 서서히 땅속으로, 차오른 흙탕물 속으로 빨려 들어갔다. 남자는 여자가 사라지는 모습을 지켜보고서는 빌려주었던 삽을 들고 돌아갔다. 남자의 뒷모습을 잠시 응시하며 숨을 고르는 동안 나는 구덩이 앞에 선 모든 자들이 나를 바라보고 있다는 사실을 깨달았다. 짝. 구덩이를 가진 자들이 박수를 치기 시작했다. 짝.짝.짝. 어쩐지 눈물이 났다. 축하를 받고 있다는 느낌을 받았다.

짝.짝.짝.짝.짝.짝.짝 소리가 이어지는 가운데 여자를 묻은 나의 우물에서 검은 물이 솟아올랐다.

그 이후 두 달에 한 번씩, 비 내리는 밤이 오면 나는 공터로 가 물을 길어 왔다. 공터로 향하는 비포장도로는 공사가 이루어짐에 따라 차츰차츰 일반적인 도로의 모습을 띠게 되었다. 그렇게 3년이 지났을 무렵 나는 물이 말라 버렸다는 것을 알게 되었다. 땅을 아무리 파내어도, 검은 물은 솟아오르지 않았다. 검은 우비를 입은 사람들에게 왜 물이 마른 거냐고 물어봤지만 그들은 날 상대해 주지 않았다. 미리 떠 놓은 검은 물 세 병으로는 불과 반년을 버틸 수 있을 따름이었다. 문제는 이뿐만이 아니었다.

"마음의 준비를 하셔야겠습니다."

의사가 말했다. 정신과 의원의 의사가 아니라 대학병원 의사였다. 나는 긴장하며 침을 삼켰다.

"횡문근 육종입니다. 희귀 암이죠."

의사는 내가 가진 병에 대해 이런저런 설명을 덧붙였다. 근육에 생기는 암의 일종으로 소아기와 청소년기에 호발되는 병이라고. 20대 중반인 나에게 생긴 것은 특이 케이스인지라 재검을 받아 보았으면 한다고. 그러고서도 같은 결과가 나온다면 당장

항암 치료에 들어가야 한다고 말이다. 그때 내 머릿속을 스쳐 지나간 것은 내 손으로 묻고 내 입으로 마셨던 여자의 말이었다.

내가 먹는 게 내가 되는 것이라는 그 말.

나는 여자를 죽이고 여자의 몸을 강탈한 셈이었다. 암을 가진 그 몸을 말이다. 어차피 물은 말랐고, 나는 새로운 우물을 만들어야만 했다. 새로운 생이 펼쳐진 지난 3년간 내 주위에는 조금씩 사람이 늘었다. 하지만 그들을 그 땅에 바치면 너무도 쉬이 들킬 것 같았다. 사람들의 관심을 받지 않고, 일상을 나눌 친구가 없는, 완벽히 이 사회에서 유리된 인물이 필요했다. 그런 사람은 확률적으로 정신과에서 많이 볼 수 있을 거란 생각이 들었다. 과연 내가 그 여자처럼 말로 누군가의 욕망을 건드리며 공터까지 끌고 갈 수 있을까? 나는 여자의 몸을 강탈했을지언정 여자의 언변과 정신은 빼앗지 못했다. 하지만 어떻게 여기까지 왔는데. 이제 와서 지금껏 누려 온 모든 것을 잃을 순 없었다. 나는 살아남았고, 그렇기에 살아 내야 했다. 나는 재검을 받으라는 의사의 말을 무시하고 병원 밖으로 빠져나왔다.

대체 내가 누구를 죽일 수 있을까. 나는 거리를 걸으며 사람들을 바라보았다. 지나가는 사람들 한 명 한 명을 응시하며 저 사람을 죽일 수 있을까, 없을까 가늠했다. 한참 동안 사람들의 얼굴들을 바라보며 깨달은 것은, 여자를 죽였을 때의 마음으로 다른 사람을 해칠 수는 없다는 사실이었다. 나를 죽이려 한 여자를 죽일 당시엔 죄책감이 느껴지지 않았다. 그 행위는 정당방위였다. 합리화가 너무나도 완벽하게 가능했다. 하지만 오로지 나의 욕심 때문에 누군가를 죽인다는 것은 다른 차원의 문제였다. 인간으로서 지켜야 할 선을 한 번 더 넘는 일이었다. 생각만 해도 온몸이 떨렸다. 그러나 3년간의 행복한 삶을 잃는 것이 더욱더 끔찍했다.

고민은 집에 와서도 이어졌다. 내가 큰 병원에 다녀온 뒤로 하던 알바를 관두고 말없이 방 안에 틀어박히자 엄마는 문을 두드리며 대체 무슨 일이냐고 물었다. 아빠 또한 걱정이 되는지 이따금 말을 걸었다. 나는 대답하지 않았다. 내게 중요한 건 누구를 죽일 수 있는가 하는 문제뿐이었다. 핸드폰 속 연락처를 하나하나 넘기며 죽여도 내 소행임을 들키지 않을 법한 인물이 누구일지 살펴보았다. 엄마. 죽일 수 없다. 아빠. 죽일 수 없다. 재수 학원에서 만난 선생. 죽일 수 없다. 재수 학원에서 만난 친구. 죽이기 아깝다. 알바했던 카페의 사장. 죽이고 싶지만 죽일 순 없다. 같이 일했던 알바생. 죽이기 애매하다. 나와 썸 타는 중인 알바생. 죽이기 아깝다. 보험사 직원. 보험 상담을 청해 불러내 볼까 싶었지만, 기록이 남으니 애매하다. 쿠팡 배달 기사 아저씨. 이 연락처는 왜 저장했대. 토익 학원에서 만난 친구. 죽이기 아깝다. 수많은 고민 끝에 손가락을 멈춘 곳에는 절교한 친구의 이름이 있었다. 박효민. 죽일 수 있을 것 같았다.

[효민아, 잘 지내…? 나 주영이. 네 생각 많이 했어. 우리 다시 이야기 나눌 수 있을까?]

문자를 보내자마자 바로 답장이 왔다. 나를 차단하지 않았다니. 새삼 놀라웠다.

[무슨 이야기?]
[문자로 하긴 그렇고 만나서 이야기하고 싶은데, 어때?]
[내가 왜?]
[우리 친구였잖아.]

한동안 답장이 오지 않았다. 하루가 지나고 이틀이 지났다. 나는 대답을 재촉하거나 용기 내 전화를 걸어야 할지 망설였다. 사흘이 지난 뒤 답장이 도착했다.

[그래.]

웃음이 났다. 이렇게 쉽게. 이렇게 싱겁게. 우리는 늘 만나던 카페에서 보기로 했다.

나는 약속 시각 30분 전 카페에 도착해 일행이 곧 온다는 말로 사장님에게 양해를 구하고 자리를 맡았다. 박효민과 내가 늘 이용하던 구석진 끝자리였다. 손가방에서 생수가 들어 있는 보온병과 검은 물이 담겨 있는 페트병을 꺼냈다. 나중에서야 알게 되었는데 여자가 루이보스 티라고 말했던 액체는 실제 루이보스 티가 아니었다. 검은 물을 아주아주 옅은 농도로 희석한 것이었다. 검은색으로 보였던 그 액체는 한 방울만 떨어뜨려도 투명한 물을 순식간에 적갈색으로 만들었다. 기쁜 마음으로 목을 축일 수 있게 해 주는 유일한 음료. 나는 보온병 안에 검은 물을 조금 부은 뒤 병을 흔들었다. 달콤한 액체로 입맛을 돋우며 박효민을 기다렸다. 약속 시간이 가까워졌을 무렵 익숙한 재채기 소리를 내며 박효민이 나타났다.

"안녕."
"잇취- 안녕."

우리는 어색하게 인사를 나누었다. 박효민은 자리에 앉으면서도 기침을 했다. 그러고는 가방에서 두루마리 휴지를 꺼냈다. 박효민은 여전히 앉은 자리에서 휴지 한 롤을 다 쓰는 그런 사람이었다. 연달아 기침하는 박효민에게 나는 캐모마일 차를 마실 거냐고 물어보았다. 박효민은 재채기를 하며 고개를 끄덕였다. 우리는 잠시 침묵 속에 있었다. 막상 박효민의 얼굴을 보고 박효민의 손을 보고 코로 휴지를 가져가는 동작을 보고 박효민의 기침 소리를 들으니 박효민을 죽일 수 없을 것만 같았다.

"이게 오늘 내가 쓴 세 번째 롤잇취-이야. 너는 내가 잇-취. 널 만날 때- 잇취. 얼마나 많은 물을 잇-취. 흘리며 오는지. 취. 모를 거야."
"낫지 않았구나."
"계절 타면 잇취- 더 심해지는데. 지- 잇취. 지금 잇취. 그런 계절이니까."
"약은 먹었어?"
"아니."
"왜."
"잇취. 하고 싶은 이야기가 뭐야."
"효민아. 그 전에… 나 냄새 안 나지 않아?"

박효민의 움직임이 멈췄다. 찌푸려진 두 눈이 나를 노려보고 있었다.

"지금 나 잇취- 놀려?"

박효민의 말이 끝남과 동시에 진동 벨이 울렸다. 경계심이 잔뜩 섞인 목소리를 잠시 뒤로한 채 나는 카운터로 향했다. 따뜻한 차를 가지고 돌아온 나는 차근차근 왜 그렇게 반응하냐고 물어보았다. 그날의 일로 화를 내야 할 사람은 난데 왜 박효민이 상처 입었다는 태도를 보이는지 도무지 이해할 수가 없었다. 박효민은 내 질문에 대답하지 않았다. 답답했지만, 만나자고 제안한 내가 대화를 이끌어 가야만 했다. 나는 액취증이 나았다고 말했다. 더 이상 끔찍한 냄새가 나지 않는다고. 예전과 달리 사람들이 날 피하지 않는다고. 스스럼없이 누군가와 대화할 수도 있게 되었다고. 마구잡이로 꽂히는 시선과 욕으로부터 벗어났다고. 살 만해지다 보니 뒤를 돌아볼 수 있는 여유가 생겼다고. 내가 뒤편에 두고 온 존재가 바로 박효민이었고, 유일한 친구였던 너를 다시 만나고 싶었을 뿐이라고. 입을 열기 시작했을 땐 거짓말을 하고 있다고 생각했는데, 그 말들을 모두 토해 내고 나서야 내가 정말로 박효민을 만나고 싶어 했다는 사실을 알게 되었다. 박효민은 찬찬히 내 모습을 살피며 재채기를 반복하더니만 이내 입을 열었다.

"난. 후각을 잃었어. 잇취."

이전의 박효민은 후각을 완전히 잃은 상태는 아니었다. 말하자면 심한 냄새를 느끼지 못하는 상태. 하지만 수술의 부작용으로 후각을 완전히 상실했다고 했다. 우리가 마지막으로 만났던 날은 그 끔찍한 선고가 현실이라는 것을 받아들이게 된 첫 날이었다고.

"후각장애로는 잇취. 장애 등급을 못 받더라."

알고 있었다. 일상생활에 큰 지장이 있는데도 박효민과 예전의 나 같은 부류의 사람들은 장애인 축에 들지 못한다. 냄새가 나도, 기침을 해도, 피부에 피와 진물이 덕지덕지 말라붙어도, 눈이 너무 가려워 계속 긁다가 시력이 떨어져도, 1년 내내 땀이 나도, 수시로 속이 부글부글 끓어도, 허구한 날 머리가 아파도 우리는 사지가 멀쩡하고 정신이 멀쩡한 인간들이니까. 국가가 인정하는 장애의 기준은 생각보다 까다롭다. 솔직히 말해, 아무리 노력해도 남들에게 사랑받을 만한 능력을 갖추지 못한다면 장애인이 아닌가. 한 방울의 호감을 얻기 위해 밑바닥에서 두더지처럼 끊임없이 버둥거리며 기어올라와야 하는 무수한 존재들. 패배자들. 루저들. 고독과 멸시를 삶의 일부로 삼았으면서도 늘 일말의 기대를 놓지 못해 위로 오르려 애쓰는 자들에게서 풍기는 우스꽝스럽기까지 한 우울의 냄새. 그 어느 때보다 그런 냄새를 짙게 풍기고 있는 박효민에게서 나는 우정의 가능성을 엿보았다. 우리가 다시 긴밀히 연결될지도 모른다고 생각했다.

"그럼 왜 토한 거야, 그때."
"잇취- 약 때문에."
"그럼,"

내 말이 이어지기 전에 박효민은 오래도록 꾹꾹

눌러 온 듯한 말을 내뱉었다. 한 글자도 기침에 방해받지 않게 하겠다는 듯 또렷하게.

"너 쪽팔렸지? 그래서 나 버리고 갔잖아."

박효민은 곧 참았던 기침을 한꺼번에 토해 냈다. 잇취- 잇취- 잇취- 재채기가 이어지는 사이 나는 누가 누구를 버렸다는 것인지 혼돈에 빠졌다. 무슨 소리냐고 따져 묻자 박효민은 그 일을 사과하려고 마련한 자리가 아니었느냐고 되받아쳤다. 박효민은 번화가에서 약 때문에 토한 자신이 불쌍하지도 않았냐고, 그렇게 창피했냐고, 미안하다고 사과했는데도 연락을 끊을 정도로 꼴 보기가 싫었냐고 쏘아붙였다. 3년간 쌓아 간 증오의 밑바닥에는 버림받는 포지션마저 빼앗길 순 없다고 여기는 우리가 있었다.

"네가 냄새를 잘 맡게 돼서 나 때문에 토했다고 생각했어."
"잇취- 물어보지, 잇취. 그랬어."
"어떻게 물어봐, 그 상황에서. 너야말로 나중에라도 말했으면 됐잖아."
"누가 할 소린데. 문자 잇취. 전화 잇취- 할 수 있었-취. 잖아. 잇취- 그러고도 니가 친구야?"

아니지. 박효민을 묻으려고 결심한 순간부터 나는 친구라고 볼 수 없는 존재가 되었다. 하지만 친구가 아니더라도 동료가 될 가능성은 있었다. 박효민이 검은 물을 마신다면 후각은 원래대로 돌아올 것이고, 나는 혼자서 사람을 죽여야 한다는 압박에서 벗어날 수 있다. 우리의 비밀은 은밀하고 특별하여 그 누구에게도 공유할 수 없을 테니 그때야말로 우리는 서로에게 단 하나뿐인 존재가 될지도 모른다는 생각이 들었다. 그런 미래를 바란다면 먼저 이 말을 해야 했다. 미안해. 하지만 나는 다른 말을 하고 있었다.

"물 때문에 그래."
"뭐?"
"우리 몸의 70%가 물이잖아. 네 몸에 잘못된 물이 들어가서 그걸 빼내느라고 계속 콧물이 흐르는 거야. 제대로 된 물이 네 몸에 담기지 못해서 그래."
"뭔 잇취- 개소리야."

나는 가방에서 검은 물을 꺼냈다. 박효민이 이 물을 마신다면, 그래서 나의 동료가 된다면, 우리는 서로의 완전한 이해자가 되고 끔찍한 고통에서 벗어나 보통의 인간으로서 살아갈 수 있을 것이다. 나는 병뚜껑을 열고 검은 물을 박효민에게 들이댔다.

"마셔 봐. 나는 이걸로 냄새에서 벗어났어. 같은 원리로 네 후각이 돌아올 거야."
"잇취- 너까지 약 파니? 신천지 들어갔어?"
"진짜야. 내가 증거야. 이거 정말 힘들게 얻었어.

남은 양이 얼마 없지만, 우리가 힘을 합치면 얼마든지 구할 수 있어. 돈 드는 일 아냐."

"잇춰- 나 갈게."

박효민은 자리에서 일어섰다. 나는 박효민의 손목을 우악스럽게 잡았다. 박효민이 무슨 짓이냐며 내 손을 뿌리치려 했지만 나는 잡은 손목을 놓치지 않았다. 마시게 해야 한다. 이 물의 효과를 박효민도 알아야 한다. 나중에는 지금의 이 난리 통을 우스꽝스러운 해프닝으로 치부할 수 있으리라. 나는 박효민에게 거칠게 달려들었다. 카페 밖으로 나가려는 박효민의 머리채를 잡아 뒤로 젖혀 물을 입안에 들이부으려고 말이다. 박효민은 악을 쓰며 발버둥 쳤고, 우리 둘의 확연한 체급 차이에도 불구하고 박효민의 힘은 횡문근 육종 환자인 내가 악다구니로 버틸 수 있는 수준이 아니었다. 박효민이 팔꿈치로 내 복부를 가격하는 바람에 나는 중심을 잃어 뒤로 넘어졌고 동시에, 검은 물이 든 페트병이 바닥에 나동그라졌다. 시발.

"아까워. 아까워. 아까워. 아까워."

나는 바닥에 달라붙어 쏟아진 검은 물을 핥아 댔다. 내 손아귀에서 벗어나려다 그 반동 때문에 반대편으로 넘어졌던 박효민이 달달 떨리는 목소리로 말했다.

"더러워."

그 말을 들은 순간 내 몸속 어딘가에 구멍이 생겼다. 속을 알 수 없는 아주 깊고 깊은 구덩이, 끊임없는 감정이 솟아오를 커다란 우물이.

푸르게
빛나는

첫. 여진은 그 단어가 여지없이 좋았다. '첫'이 붙는 순간을 맞이할 때면 자신의 존재가 주목받는 기분이 들기 때문이었다. 첫 만남. 첫 결혼. 첫 보금자리. 첫아이. '첫'이 붙는 순간은 신혼 기간에 가장 많이 몰려 있는 것 같다는, 그런 실없는 소리를 여진은 첫 남편 규환에게 건네곤 했다.

"첫 남편이라고 하지 마."
"왜."
"두 번째가 있을 것만 같잖아."

신축 아파트 첫 입주를 앞둔 순간에도 여진은 첫 소리를 해 댔는데, 규환은 그 화제를 썩 좋아하지 않았다. 여진은 남편이 귀여운 질투를 하고 있다고 넘겼지만 규환에게 있어서 '첫'은 좋은 인상이나 설렘을 느끼게 할 만한 단어는 아니었다. 그저 미숙하고, 서툴고, 혼란스러우며, 실패하기 딱 좋은 순간을 가리키는 표현일 뿐이었다. 첫사랑. 첫 시험. 첫 운전. 첫 직장. 첫 대출. 첫 청약. 무엇 하나

쉬웠던 일이 없었다. 홈택스를 알게 되는 순간부터 어른이 되는 거라는 말마따나 서른 중반에 이르러 이제 좀 노련한 사회인으로서 거듭나는 줄 알았는데, 아직도 많은 처음이 남았다는 사실이 규환에게는 까마득하게만 느껴졌다.

어느덧 능숙해진 자세로 핸들을 돌리며 아파트 지하 주차장에 차를 댈 수 있게 되었지만, 규환은 처음 운전 연수를 받았을 때의 기억을 잊지 못했다. 운전 학원 강사는 차선을 자꾸만 밟아 대는 규환에게 남자가 이래서야 어디 여자 태우고 데이트하러 갈 수나 있겠냐고 타박했다. 그 소리에 열 받은 규환은 강사를 째려보다 빨간불 신호를 보지 못해 브레이크 밟을 타이밍을 놓쳤다. 커다란 화물차가 바로 옆으로 스쳐 지나갔고, 보조석에 보조 브레이크가 없었다면 노란색 연수 차량은 완전히 뭉개져 버렸을 거란 생각에 가슴이 덜컹 내려앉았더랬다. 실수하는 경우가 비일비재한, 그래서 완벽과는 한없이 먼 처음이 싫어서 규환은 여진과의 관계를 쌓아 나가던 시절에 여진과 함께할 첫 순간을 미리 준비하곤 했다.

첫 데이트를 하기 전날에는 예약한 식당과 마련해 둔 데이트 코스를 미리 경험해 보았고, 첫 여행을 떠나기 전에는 여행지에 몰래 미리 다녀와서는 나중에 아는 척을 했다. 하지만 결혼과 육아와 신혼집 구매는 절대로 미리 경험해 볼 수 없는 일이었다. 차에서 내려 신혼집 앞에 주차된 커다란 이삿짐 트럭을 보는 순간마다 규환은 숨이 턱까지 차오르는 느낌을 받았다.

"집 미리 구워 놨지?"

여진이 물었다. 베이크 아웃이라고 부른다던가. 신축 건물에 들어가기 전에는 내부 온도를 주기적으로 높게 올리는 작업을 해서 새집증후군을 방지한단다. 오븐에 굽는 빵도 아니고 집을 굽는다니. 여진은 소꿉놀이를 하던 시절처럼 들뜬 기분이 들었다.

"세 번 이상 구웠어. 어제도 온도 올려 놓고 왔으니까. 지금 가서 환기하면 딱일 거야."

규환은 회사 일이 많아도 베이크 아웃을 하기로 스스로 정해 둔 일정을 절대로 어기는 법이 없었다. 새집으로 퇴근해 외부와 연결된 모든 문과 창문은 닫고, 집안 곳곳 기본 옵션 가구들의 문은 전부 연 다음 난방 온도를 높여 두는 일, 다음 날 출근할 때 일찍 집에서 나와 새집에 들러 환기를 시키고 온도를 낮추는 일을 반복했다. 귀찮고 번거로웠지만 규환은 베이크 아웃 처리를 혼자 하겠다고 자청했다. 여진이 허약 체질이기도 하거니와, 이제 3주 된 아이에게 해가 될까 두려웠다.

"엄청 뜨겁겠네."

여진이 손차양을 만들며 말했다. 아직 4월인데도 강렬한 태양 빛이 두 사람을 내리쬐고 있었다. 피부가 따가울 정도로 강렬한 볕 아래에 섰는데도 여진은 조명 아래 선 배우처럼 가슴이 벅찼다. 신도시 신축 아파트에 거주하는 유부녀. 이런 표현을 되새김질하는 자신이 우스웠지만, 서울살이할 만큼의 돈이 없어서 밖으로 밀려 나온 처지였지만, 이 깔끔한 도시의 새 아파트에서 결혼 생활을 시작하게 되었으니 누구보다도 잘 해낼 수 있을 것만 같았다. 이삿짐 트럭에서 직원들이 내려 분주하게 움직이기 시작했고, 이삿짐센터 팀장과 그의 조수가 규환에게 다가갔다. 여진까지 포함하여 네 사람은 나란히 엘리베이터에 올라탔다. 여진과 규환의 집은 17층에 있었다. 팀장은 사람 좋게 웃으며 말을 걸었다.

"25층 아파트에 17층이면 로열층이네요."
"운이 좋았죠."

수줍게 웃으며 여진은 보호 비닐을 갓 뗀 듯한 매끈한 엘리베이터 벽을 매만졌다. 아주 살짝 손을 대었다 떼었을 뿐인데도 윤이 나는 은색 표면에 여진의 지문 자국이 선명히 남았다. 땡, 소리와 함께 문이 열리자 계단을 사이에 두고 양옆으로 한 세대가 배치된 좁은 복도가 나왔다. 여진과 규환의 집은 왼쪽에 있는 1706호였고, 아직 바꾸지 않은 도어 록 비밀번호도 1706이었다. 규환이 번호 키에 능숙히 비밀번호를 입력하고 문을 열자 후끈한 열기가 네 사람에게 쏟아졌다.

"어유, 찜질방이네."

이삿짐센터 팀장이 실례하겠다고 인사하듯이 고개를 숙이고는 집 안으로 걸음을 옮겼다. 조수가 그의 뒤를 따랐다. 이삿짐센터 직원들은 신발 위에 부직포로 된 덧신을 신었다. 여진도 입주 청소가 끝나 먼지 한 톨 없이 말끔한 바닥 위로 발을 내디뎠다. 팀장은 거실을 성큼성큼 가로질러 베란다 창을 열고는 사다리차를 향해 분주히 지시를 내렸다. 여진은 그들을 지나쳐 방으로 들어갔다. 창문을 더 열기 위해서였다. 실내 온도는 40도로 설정되어 있었고, 불에 달군 돌판 위에 올라선 것처럼 발바닥이 뜨거웠다. 여진은 방 한쪽에 커다랗게 난 창문을 열어젖혔다. 햇살을 머금은 바람이 여진의 뺨을 스치고 지나갔다. 여진은 빛이 오래도록 머물다 가는 집을 원했다. 다행히 그 바람대로 정남향 아파트에 오게 되었다. 집 안 곳곳 햇빛이 안 닿는 곳이 없었다. 새하얀 벽지가 빛을 사방으로 반사해 눈이 부실 정도였다. 방 세 개와 넓게 빠진 거실과 주방. 그중 한 방에서는 훗날 태어날 아이가 머물게 될 것이다. 다른 한 방은 옷방 겸 작업실로 쓰고, 다른 한 방은 안방으로 삼아 우리 부부만의 공간을 만들어야지. 모든 건 계획되어 있었다.

아트 디렉터인 규환은 제 전공을 살려 새집을 3D 모델링 프로그램으로 구현한 뒤 그 안에 들어갈 가구의 디자인과 배치를 완벽히 설계하여 확정해 놨다. 규환은 새집에서의 완벽한 시작을 꿈꿨다. 천천히 가구가 채워지는 것을 용납할 수 없어서 창고를 대여해 선주문한 가구들을 보관해 두었다가 이삿짐 트럭으로 한 번에 옮기는 수고로움과 비용을 감수했다. 여진은 규환의 일 처리 방식이 어쩐지 피곤하다고 여겼지만 그런 성격이 그의 장점이자 단점이라는 것을 이미 알고 있었다.

곧이어 거대한 기계가 움직이듯 웅웅거리는 소리가 귓가에 들려왔다. 사다리차 소리 같았다. 그 위로 겹쳐지는 인부들의 대화 소리를 들으며 여진은 새하얀 벽지를 손으로 쓸어 보았다. 아주 작고 오돌토돌한 엠보싱 무늬가 들어간 벽지의 감촉을 느끼는 것이 여진은 마냥 좋았다.

“뭐 하고 있어.”

작은방 벽지를 만지던 여진의 뒤로 규환이 다가왔다.

“그냥 구경.”

“시끄럽고 먼지 날리는데 굳이 둘 다 여기 있을

필요가 있나. 카톡으로 링크 보냈으니까 거기서 쉬고 있어. 정문으로 나가면 걸어서 3분 거리야."

여진은 핸드폰을 꺼냈다. 'rest in coppee'라는 상호의 커피숍 주소가 도착해 있었다. 유명 프랜차이즈 카페가 아닌 건 그렇다 치고 스펠링이 왜 이렇담. 카페에 대한 여진의 신뢰도가 다소 떨어졌다.

"루이보스 티를 팔더라. 임산부에게 좋대."

규환은 여진의 어깨를 잡고 두어 번 토닥였다. 육중한 몸집의 가구가 연달아 들어오는 상황에 혼자서 기웃기웃 집 안을 돌아다니는 여진의 모습이 규환은 영 성가시기만 했다.

"내려가 있을게."

여진은 마음이 내키지 않았지만, 자신을 은근히 문 쪽으로 미는 규환의 손길에 더 이상 이곳에 있긴 어렵겠다고 생각했다. 여진은 규환이 알려 준 대로 아파트 정문으로 나가서 바로 옆에 세워진 새 건물에 입점한 커피숍 안으로 들어갔다.

가만히 서 있기만 해도 땀이 흐르는 집에서 나온 탓인지 매장 문을 열자마자 훅 끼쳐 오는 에어컨 바람에 오소소 소름이 돋았다. 카페 안은 제법 널찍했고, 먼저 온 손님들이 서너 테이블 정도를 차지하고 있었다. 벽은 시멘트를 거칠게 덕지덕지 발라 놓은 다음에 흰색 페인트를 덧발라 완성한 듯했고, 바닥은 시원한 느낌을 주는 짙은 코발트블루빛으로 마감했다. 어두운 갈색의 빈티지 가구들이 곳곳에 배치되어 유럽 느낌이 물씬 풍겼는데 이런 고풍스러운 분위기와는 이질적이게도 카운터 근처에는 키오스크가 놓여 있었다. 그 안쪽에서는 아르바이트생으로 보이는 젊은 여자 두 명이 분주히 커피를 만들고 있었기에, 여진은 그들과 따로 대화하지 않은 채 키오스크로 루이보스 티를 주문하고 자리에 앉았다.

생각보다 분위기 좋은 카페가 집 근처에 있어서 좋았다. 크기가 너무 소담하면 앉아 있다가도 주인 눈치를 보게 되는데 그런 곳은 아니었고, 저 안쪽에는 카운터가 있는 공간과 분리된 좀 더 안락한 자리도 있는 듯했다. 서성거리며 카페 안을 구경하고 있노라니 금방 여진의 주문 번호가 불렸다. 나무로 된 트레이 위에, 꽃무늬 찻잔과 함께 카페에 대한 설명이 간단히 적힌 작은 카드가 놓여 있었다.

[저희 레스트 인 커피(rest in coppee)의 두 개의 p는 평화(peace)를 약속(promise)하는 커피를 선사하겠다는 저희의 신념을 담고 있습니다. 부디 이곳에서 한잔의 휴식을 즐기시길 바랍니다.]

아아, 이런 콘셉트 알지. 여진은 손가락으로 카드를 탁탁 튕기며 나지막이 중얼거렸다. 카페 사장의 신념이 진심인지 어떤지는 모르겠지만 여진은 홍대 또는 성수동에서나 보일 법한 카페 감성을 이런 신도시 아파트 단지 앞에서 버젓이 펼치는 사장이 호기롭다고 생각했다. 반면 카페 안의 전반적인 인테리어가 취향이 분명한 척하지만 유명한 콘셉트를 그저 따라 한 모양새라서 위화감이 느껴졌고, 못 이기는 척 이런 감성을 좋아라 하려니 번화가도 아닌 곳에서 이렇게 힘주어 봐야 무엇이 남을까 하는 생각이 먼저 들었다. 여진은 어느새 그런 어른이 되었다. 따뜻한 루이보스 티 한 모금을 삼키며, 이렇다 할 특별한 점이 없는 그 맛을 곱씹으며 여진은 유리창 너머로 우뚝 선 아파트를 바라보았다.

6억 8000만 원.

여진은 여태껏 그만한 액수의 돈을 가져 본 적이 없었다. 아마 결혼하지 않았다면 상상할 엄두조차 내지 못했을 것이다. 여진의 부모님은 변변한 집 한 채 없이 지금까지 늘 전세살이를 했고, 규환의 부모님도 사정은 마찬가지였다. 두 부모님은 전세 자금을 빼서 신혼부부에게 돈을 보태어 주고는 외곽행을 선택했다. 외곽이라는 말도 우습다. 경기권조차 넘어갔다. 여진은 후후 불며 루이보스 티를 한 모금 더 마셨다. 향보다 쓴맛이 더 와닿았다. 여진은 도무지 차를 무슨 맛으로 먹는지 모르겠다는 생각이 들었다. 아무리 임산부에게 좋다지만 이렇게까지 해야 하나. 문득 여진은 혀끝에 남은 씁쓸한 맛 같은 표정을 짓던 자신의 부모님이 떠올랐다.

그들은 여진의 손을 잡으며 본인들 나이대에는 서울살이도 경기살이도 그저 사치일 뿐이라고 말했다. 하지만 여진은 부모님이 그 누구보다 수도권에서 살고 싶어 했다는 것을 알고 있었다. 여진은 수도권 선망을 고스란히 물려받았다. 마치 그 욕망이 유산이라도 된다는 듯이. 여진은 언젠가 신도시에서 벗어나 서울로 나아갈 미래를 믿어 의심치 않았다. 우공이산. 여진은 어릴 적 배웠던 고사성어가 생각났다. 제집 앞을 가로막은 산이 불만족스러웠던 우공이라는 노인네가 대대손손 산을 깎아 길을 내겠다고 선언하니, 신이 감동해서 산을 옮겨주었다는 옛이야기. 이처럼 앞 세대가 중심부를 향해 다음 세대를 밀어주다 보면 어느샌가 신이 감동해 자손 중 한 사람에게 놀랄 만한 재능이나 행운을 선사하여 사람들 가운데 우뚝 설 수 있도록 도와줄지도 모른다.

얼토당토않은 상상을 펼쳐 보며 여진은 자신도 모르게 후후, 웃었다. 견뎌 내야 하는 현실을 애써 모르는 체하고 싶었던 모양이다. 양가 부모가 보태준 돈은 번듯한 신혼집을 사기에는 턱없이 부족했고, 여진과 규환이 모은 돈 또한 보잘것없었기에, 여진과 규환 부부가 진 빚은 5억 5천만 원이었다. 그에 더해 보란 듯이 들어선 아이. 육아를 하다 보면 지금보다 더 앞으로 나아갈 기회는 사라지고 말 거라는 강력한 예감이 앞섰지만, 여진은 늘 그랬듯이 모르는 척 차를 마셨다. 한 잔이 깔끔하게 비워졌고, 카페에서 은은히 흘러나오는 이름 모를 클래식 음악을 듣다가 여진은 까무룩 잠이 들었다.

"짜장면 먹으러 가자."

익숙한 목소리에 눈을 뜨니 희미한 시야에 규환의 얼굴이 들어왔다. 규환은 이사가 끝났다며 여진 앞에 놓인 빈 잔을 치워 주었다. 이사 날 짜장면은 정신없이 널브러져 있는 이삿짐 사이에서 먹어야 제맛인데, 라는 생각이 여진의 머릿속을 스쳐 갔다. 여진이 잠들어 있는 동안 규환이 사소한 짐 정리까지 모두 끝마친 터라 굳이 배달비를 내 가면서 음식을 기다리고 남은 음식물을 치우는 짓을 할 필요가 없었다. 게다가 여진은 아직 임신 3주 차로 입덧 증세가 나타나지 않아 음식점에 들어가도 별문제 없으니 규환의 말을 따르는 것이 효율적이었다.

여진은 규환의 차를 타고 규환이 예약한 중식당에 갔다. 규환은 이 집에서 가장 유명한 메뉴인 해물짜장을 추천해 주었지만 모든 것을 정해 주는 규환에게 미묘한 반항심이 생긴 여진은 잡채밥을 시켰다. 규환은 본인이 이미 정해 둔 메뉴를 시켰고 두 사람은 동네 사람들만 아는 메뉴인 '탕수육 소짜 반'도 주문해서 나눠 먹었다.

"이사 잘됐어?"

"응. 이따가 실컷 구경해. 가는 길에 마트 들러서 장도 보고 청소 물품도 몇 개 더 살 생각이니까 그동안 차에서 자고 있어."

"오빤 내가 잠만 자는 사람 같아?"

소소한 대화를 나누면서 두 사람은 묘한 행복감을 느끼고 있었다. 규환은 모든 일이 자신의 계획대로 이루어진 것이 만족스러웠다. 식당에서 나온 여진은 차에서 곧장 잠이 들어 저녁 무렵에 눈을 떴다. 여진이 온종일 한 일이라고는 잠자고 쉰 것밖에 없는데 이사를 했다는 그 사실 자체만으로 피곤이 몰려왔다. 꼭 해야 하지만 너무나도 뻔하고 지루한 일, 가만히 기다려야만 하는 일들을 견디느라 에너지를 모두 소모한 것 같았다.

하늘을 붉게 물들인 노을빛을 받으며 두 사람은 드디어 완벽한 신혼집으로 향했다. 이윽고 현관문을 열고 들어가자마자, 여진의 피로감은 거짓말처럼 사라졌다. 규환이 일전에 보여 주었던 3D 모델링 작업물과 완벽하게 똑같은 집 안 구조를 보니 절로 입이 벌어졌다. 어느새 차갑게 식은 바닥을 맨발로 돌아다니며 여진은 연신 감탄해 마지않았다. 규환은 고사리 같은 손을 모아 박수를 짝짝 쳐대는 여진이 귀여워서 웃음이 나왔지만, 한편으로는 그 소리가 정신을 차리라고 누군가 눈앞에서 손

뼉 치는 소리 같다는 생각도 들었다.

규환은 두 손 가득 든 짐을 거실 테이블 위에 올려 두었다. 그중 하나에는 마트에서 사 온 식재료들이 있었고 규환은 하나하나 각을 맞추어 냉장고 안에 정리해 넣었다. 유일하게 넣지 않은 것은 오늘 저녁용으로 산 밀키트였다. 마음 한편이 불안해질 때면 규환은 계획을 짜거나 어떤 일이든 진행해야 직성이 풀렸다. 여진은 자기가 요리를 하겠다고 했지만 규환은 딱 오늘까지만 자기가 책임지고 하루를 끝내겠다며 부대찌개 밀키트의 비닐을 뜯었다. 곧이어 햇반 두 개가 전자레인지 안에서 빙글빙글 돌아갔다. 규환과 여진은 따끈한 식사를 마쳤다. 침실에는 깔끔하게 커버를 씌워 놓은 침구가 이미 가지런히 정리되어 있었다. 여진은 더 이상 잘 수 없을 것 같다고 생각하면서도 거짓말처럼 몰려오는 잠에 빠져들었다.

얼마간의 어둠이 지났다.

스위치가 켜진 듯이 불현듯 여진이 깨어났다. 보일러가 돌아갈 때 나는 소리처럼 아주 낮게 웅웅 울리는 소리가 여진의 귓가를 간지럽혔다. 아직 밤은 지나지 않았고, 여진의 옆에서는 고단한 얼굴을 한 규환이 쌕쌕 숨을 내쉬며 자고 있었다. 물을 마시고 싶어 여진은 안방 문을 열고 나왔다. 바로 그 순간, 푸르게 빛나는 무언가가 여진의 시선을 사로

잡았다. 여진은 눈을 비비며 푸른빛을 다시금 응시했다. 성인 여자 주먹만 한 크기의 푸른 구체가 빛을 뿜으며 공중에 떠 있었다. 밤도 방도 모두 밝힐 만큼 빛나는 형광색이었다.

거실 중앙에 보란 듯이 떠 있는 기이한 형체를 향해 여진은 조심스럽게 걸음을 옮겼다. 푸른빛에 다가갈수록 웅웅거리는 소리가 점점 더 커졌다. 이건 별이다. 여진은 한 치의 의심도 없이 푸른 별이 집 안에 들어왔다고 여겼다. 비현실적인 무언가가 바로 눈앞에 있는데도 침착한 스스로가 신기했다. 여진은 조심스럽게 다가가면서 푸른 별에 손을 뻗었다. 발광하는 푸른빛에 손끝이 삼켜지는 것 같다고 느껴질 만큼 가까이 다가갔을 무렵 팟, 하는 소리와 함께 낮게 깔리던 진동음이 멈췄다. 순식간에 푸른빛이 사방으로 퍼지면서 사라졌다. 아. 작은 탄식이 여진의 입에서 흘러나온 순간 여진은 다시 눈을 떴다. 눈꺼풀이 여러 개 달린 생물처럼.

아침이었다. 여진은 침대에서 몸을 일으켰다. 옆자리엔 아무도 없었다. 여진은 아기 새가 어미 새를 부르듯 본능적으로 규환을 불렀다. 여보. 여보. 여보. 막 씻고 나온 규환이 안방 문을 열며 대답했다.

"왜?"
"나 태몽 꾼 거 같아."
"진짜? 무슨 내용이었는데?"

푹 잠겨 있던 규환의 목소리 톤이 높아졌다. 여진은 규환의 목소리가 올라가는 것이 내심 행복했다. 여진은 꿈이라고 볼 수밖에 없는, 그 비현실적인 순간을 규환에게 이야기했다. 푸른 별이 자신의 안으로 들어오는 꿈이었다고. 내 평생 그토록 생생한 꿈은 꿔 본 적이 없노라고. 그렇게 내뱉으면서 여진은 스스로에게 놀랐다. 실제로 꾼 꿈에서는 푸른 별에 손을 대자 순식간에 빛이 사라져 버렸는데 별이 자신의 안으로 들어왔다는 말이 왜 자연스럽게 나왔을까. 규환은 아이의 태명은 별님이로 하는 게 좋겠다며 맑게 웃었다. 여진은 약간의 혼돈을 뒤로한 채 고개를 끄덕였다. 가족 중 누구도 태몽을 꾸지 않아 여진은 아이가 떠나갈까 봐 내심 두려웠더랬다. 임신 초기에 유산이 많이 되는 만큼 몸 관리를 잘해야 한다는 주변 사람들의 이야기도 여진을 불안하게 만드는 원인 중 하나였다. 하지만 별이 나오는 꿈을 꾸고 나니 여진은 비로소 생명이라는 것이 자신의 몸에서 자라나고 있구나 하는 생각이 들었다. 콩알보다도 작은 존재의 무게감이 여진의 가슴속에 쿵 내려앉아 뿌리를 내리는 것 같았다.

"진짜로, 아이가 태어날 거야."

여진이 자신도 모르게 그런 말을 내뱉었다.

"응."

규환이 조용히 고개를 끄덕이며 답했다. 규환은

진지한 얼굴을 한 여진에게 다가가 가볍게 입을 맞춘 뒤 출근 준비를 마치고 집 밖으로 나섰다.

짝. 엘리베이터 안에서 규환은 양손으로 제 뺨을 연달아 쳤다. 짝. 짝. 짝. 그런 행동을 하는 스스로가 의아스러울 정도로 세게 말이다. 규환은 고개를 돌려 엘리베이터에 설치된 거울을 바라보았다. 여진의 앞에서 보였던 밝은 표정은 온데간데없었다. 그저 월요일 출근을 앞둔 자의 피곤한 얼굴이 있을 뿐이었다.

그러니까 규환은 연기를 했다. 여진을 위한 연기. 처음 임신 소식을 들었을 때도 그랬다. 아이가 생긴 것이 싫다거나 부담되지는 않았다. 그저 규환은 여진과 자신 사이에 아이가 생겼다는 것을, 그리고 태어나리라는 것을 도무지 실감하기 어려웠다. 여진은 하루하루 몸의 변화를 통해 아이를 감각할 수 있겠지만 규환은 아내의 모습을 보며 상상을 덧대어 가는 것밖에는 아직 할 수 있는 일이 없었다. 아내에게 공감하지 못하는 데 대한 죄책감이 규환의 가슴 한편을 차지하고 있었다. 하지만 아내의 배가 불러 오고, 아기의 심장 소리를 듣게 되고, 아이가 존재한다는 확신이 자리 잡게 된다면, 두 손에 아이의 무게를 느끼게 된다면, 연기를 하고 있다는 죄책감에서 벗어나 정말로 기쁨을 느낄 수 있을 것만 같았다.

여진의 병원 예약일은 다음 주중이었다. 그때 즈음이면 아기집이 보인다 하니 심경에 변화가 일어날 터다. 엘리베이터 문밖으로 나와 운전대 앞에 앉으며 규환은 또 한 번 다짐했다. 열심히 해야겠다고. 뭘 어떻게 해야 하는지는 몰라도 열심히 해야겠다는 다짐을 이토록 선명하게 해 본 적은 지금껏 없었던 듯했다. 규환은 자동차 액셀러레이터를 밟으며 내 삶의 액셀이 바로 여기에 있다고 생각했다. 벅찬 마음이 규환의 심장을 뒤흔들었다. 연유를 설명하기 어려운 기묘한 흥분을 안고 규환은 차를 몰아 아파트 정문을 빠져나갔다. 차는 새로 깔린 새까만 아스팔트 위로 매끄럽게 움직였다. 새로이 이사를 오는 사람들의 짐을 싣고 있을 커다란 이삿짐 차량과 사다리차가 규환의 차를 스쳐 지나갔다. 지금 이대로 가면 된다. 규환은 매일 아침 쭉 뻗은 도로를 내달리며 되뇌었다. 딱 이대로만 가면 언젠가 중산층이라는 위치에 다다를 것이라고. 그러고 나면 우리 가족의 생활에는 아무런 문제도 없을 것이라고.

막연하지만 단단했던 그 믿음에 균열이 가기 시작한 것은 여진이 임신 12주 차에 이르렀을 때였다.

"벌레가 있어."

문을 열자 마스크를 쓴 채 현관 앞에 앉아 울고 있는 여진의 모습이 보였다. 규환은 집 안으로 들어와 한 손에 들린 검은 봉지를 식탁 위에 올려놓았다. 고구마였다. 여름날인데 군고구마가 먹고 싶다는 여진의 말에 온갖 편의점과 마트를 뒤져 결국 생고구마를 사 왔다. 집에서 굽는 수밖에 없었다.

"벌레가 있다니까."

여진이 자신의 말에 대꾸하라는 듯이 강조했다. 규환은 피곤했다. 오늘은 평일이었고, 규환은 서울에 있는 직장에 가기 위해 새벽같이 일어나 차를 몰았다. 바쁘게 일을 처리하고, 퇴근에 약 두 시간을 소요하고 나서, 또 몇 시간 동안 여름날 군고구마 파는 곳, 군고구마 만들기 같은 검색어로 인터넷을 뒤지며 온갖 곳을 나다녀서인지 새로운 화제로 쉬이 넘어가기가 벅찼다. 고구마라는 산을 하나 넘고 들어오기가 무섭게 이번엔 벌레라니. 규환은 지친 내색을 하지 않으려 애를 쓰며 입을 열었다.

"어디에."
"집 안에."
"그러니까 집 어디."
"집 안에. 온통. 여기저기 다."

여진은 눈물을 쏟아 내느라 말을 제대로 잇지 못했다. 벌레에 관해 설명하기보다 남편의 얼굴을 바라보며 울고 싶은 마음이 더 컸다. 규환은 숨을 고르며 고구마를 씻었다. 흙을 털어 내고 보랏빛이 드러나도록 닦은 뒤 종이 포일 위에 얹고 오븐에 넣었다. 유튜브에서 찾아본 대로 온도를 200도에 맞추고 타이머를 60분으로 맞추었다. 이제 한 시간 동안 여진을 달래는 일이 남았다. 여진은 바닥에 앉은 자세로 눈물을 뚝뚝 흘리며 규환의 뒷모습을 응시했다. 남편이 자신을 도닥여 주기보다 고구마 굽기를 선택했다는 사실이 서럽게 느껴져 눈물이 왈칵 쏟아졌다. 결혼 전엔 이런 일로 서운해질 줄은 몰랐다.

여진은 어린 시절에 엄마와 함께 〈사랑과 전쟁〉이라는 프로그램을 즐겨 봤었다. 사람들이 어떻게 결혼에 이르고 또 이혼에 이르는지 실제 사연을 재구성해 보여 주는 방송이었는데, 고부 갈등과 여자나 남자의 바람, 사치와 알코올중독, 사기와 도박 같은 문제가 주요 소재였다. 여진은 결혼 관계에 스크래치를 내는 일들은 그토록 자극적이어야만 한다고 막연히 생각했다. 하지만 연애 시절의 다툼도 가벼운 것에서 비롯되어 커져 가지 않았던가. 결혼을 했다고 해서 다툼의 양상이 달라지는 건 아니었다. 관계를 유지해야 한다는 책임감 때문에 도망갈 길이 막혔다는 느낌이 더해졌을 뿐. 여진은 자신의 하루가 그 벌레 때문에 어떻게 망가졌는지에 대해 털어놓고 싶었다. 군고구마는 그다음 문제였다. 여진이 눈물을 멈추고 서운함을 먼저 토로하자 규환은 한숨을 쉬며, 그저 효율적인 일 처리를 했을 따름이라고 답했다. 지쳐 있는 목소리를 듣자 여진은 서운함을 느낀 스스로가 한심해졌지만 울컥거리는 마음은 쉬이 진정되지 않았다.

왜 이렇게 된 걸까. 임신하면 호르몬 변화로 성격이 예민해진다던데 그 영향인 걸까. 여진이 혼자만의 굴을 파고 들어가는 것처럼 보여 규환은 억지로 목소리를 다정히 내리깔고서 조곤조곤 무슨 일이냐고 한 번 더 물어보았다.

"싱크대 서랍 봐 봐."

여진이 말했다. 규환은 싱크대 서랍을 기계적으로 열었다. 어디를 살펴도 벌레가 보이지 않아, '없는데?'라고 말하는 눈으로 여진을 쳐다보았다. 여진은 미동 없이 규환을 응시했다. 규환은 벌레가 나올 때까지 싱크대 곳곳을 뒤지지 않으면 여진이 만족하지 못하리라는 것을 눈치챘다. 규환이 형식적으로 싱크대 서랍을 여닫는 동안 여진은 자신의 하루를 고해성사하듯 규환에게 풀어 놓았다.

임신 12주 차에 들어선 여진은 끔찍한 입덧에 시달리고 있었다. 대학교 입학식 뒤풀이 때 주량을 몰라 죽기 직전까지 술을 마셨는데 그다음 날 같은 몸 상태가 계속 이어지고 있었다. 처방받은 입덧약을 아침저녁으로 삼켜도 매번 변기통 앞으로 달려가는 자기 자신이 저주스럽게 느껴질 정도였다.

오늘도 여진은 양치질을 하다가 치약 냄새에 구역질을 했고, 베란다 창문을 열다가 옆집에서 풍겨오는 음식 냄새에 속이 뒤집혀 먹은 것을 게워 냈다. 상황이 이렇다 보니 하루 세 끼 식사를 챙기는 일도 늘 고역이었다. 임신을 하면 몸에 좋은 것만 먹게 될 줄 알았는데 실제로는 토하지 않을 음식만 찾고 있었다. 배달 앱으로 시즈닝 없는 감자튀김을 잔뜩 시켜 아침 겸 점심을 때우면서 여진은 스스로의 처지가 끔찍하다고 생각했다. 컨디션이 안 좋은 날엔 입안에 고이는 자신의 침 냄새조차도 역겨웠다. 세탁 세제 냄새도, 주방 세제 냄새도 도무지 맡을 수가 없어서 향이 최소한만 들어간 제품으로 바꾸고 꾸역꾸역 집안일을 했다. 그러다 여진은 발견하고야 만 것이다. 싱크대 서랍 구석에 있는 아주 작고 새파란 점들을.

처음에 여진은 그것이 곰팡이라고 생각했다. 하지만 누군가 볼펜으로 장난삼아 콕 찍어 놓은 것처럼 작고 푸른 점은 여진이 손을 뻗자 금세 공중으로 날아갔다. 벌레였다. 숨을 크게 들이쉬면 벌레가 몸속으로 들어올지 모른다는 생각에 여진은 양손으로 코와 입부터 막았다. 재빨리 마스크를 집어 쓰고 나서는 집 안 곳곳에 달려 있는 문을 전부 열어 보았다. 싱크대 서랍부터, 신발장, 팬트리 룸, 베란다 창고, 창문까지. 살펴본 모든 곳에서, 새파란 점들이, 벌레들이 꿈틀거리며 날아다녔고, 여진은 세제가 일으키는 구역감을 참아 가며 하루 종일 온 집 안을 청소했다.

"세스코 부르면 돼."

규환이 싱크대 서랍을 닫으며 말했다. 여진의 말과는 다르게 규환의 눈에는 파란 점 같은 벌레들이 보이지 않았다. 규환은 내일 또 벌레를 발견하면 반드시 핸드폰으로 사진을 찍으라는 지침을 내렸다. 그러곤 곧바로 방역 업체 홈페이지에 접속해서 방문 상담 신청을 마쳤다. 이제 방역 전문가의 방문만 기다리면 된다.

땡, 하고 오븐에서 알람이 울렸다. 규환은 오븐을 열고 접시에 고구마를 담아 식탁 위에 올려 두었다. 이제야 할 일을 다 끝낸 기분이 들었다. 규환은 곧바로 욕실로 가 고단한 몸을 씻었고, 뽀송뽀송한 새 속옷으로 갈아입고선 침대에 누워 잠이 들었다.

그동안 여진은 마스크를 벗지 못한 채 제 앞에 놓인 고구마를 바라보았다. 여진의 나이는 서른이었다. 대학을 나왔고 회사 생활 경험이 있었다. 문제가 생기면 스스로 처리할 줄 알았고 생각할 줄도 알았다. 그러니까, 여진은 방역 업체에 방문 상담 신청하는 방법을 몰라서 말을 꺼낸 것이 아니었다. 그런 건 누구나 할 수 있는 대처니까. 지나가는 사람을 붙잡고 집에 벌레가 나온다고 말해도 들을 수 있는 해결책이니까. 여진에게 필요한 것은 마음속에 피어오르는 불안을 해소하는 방법이었다.

푸른색의 벌레들을 본 순간 여진은 자신이 꾸었던 태몽이 떠올랐다. 손을 가져다 대자마자 순식간에 사방으로 퍼지듯 사라졌던 푸른 별. 그 별처럼 여진이 가진 모든 것이 빛을 잃고 사라져 버릴 것만 같았다. 호르몬의 변화가 빚어낸 일시적인 감정이라고 하기엔 불안이 너무나도 선명했다. 아이가 잘못될까 봐서 생긴 불안은 아니었다.

여진은 하루에도 몇 번씩 자신이 무슨 전공을 택했고 무슨 공부를 했으며 어떤 일을 해 온 사람이었는지 떠올려 보곤 했다. 여진은 영화를 좋아했고, 연기를 전공했으며, 배우를 꿈꿨지만, 자신에게는 무대에 설 만큼의 재능이 없다는 것을 일찍 깨달았다. 한시라도 빨리 다른 길을 찾아야 했고, 방황 끝에 찾은 돌파구는 디자인 학원에 등록하는 것이었다. 당시 규환은 그 학원의 초대 강사였으며, 여진의 취업을 도왔고, 여진이 광고 회사에 취직하여 제품 상세 페이지를 만들게 되었을 무렵 고백했다. 회사 생활에 지쳐 가던 여진은 순식간에 결혼식을 치른 데다 아이까지 만들었다.

매사가 순조롭게 진행된다고 생각했는데, 아이와 관련한 일은 달랐다. 그간 오르지 못했던 인생의 무대에 한 발을 내디뎠다고 생각한 순간 눈앞에 장막이 쳐진 격이었다. 아직 노래 한 번 춤 한 번 선보이지 못했건만 무대에서는 벌써 2막이 시작되고 있었다. 그 무대의 주인공은 여진이 아니었다. 일면식도 없는, 아직 낯설기만 한 배 속의 무언가였다.

여진은 삶의 주인공 자리에서 물러나야 한다는 것을 받아들이기가 버거웠다. 다들 이렇게 살아가는 걸까. 여진이 고민을 친구에게 털어놓자 친구는 그러한 처지에 대해서는 잘 모르겠으니 맘 카페에 가입해 보라고 말했다. 여진은 세상에 홀로 남겨진 기분이 들었다.

매일같이 하소연한 것도 아니고 일상을 보내며 든 생각을 나누었을 뿐인데. 여진의 친구들은 모두 미혼이었다. 그들은 여진을 두고 요즘 세상에 결혼도 하고 애도 가졌다며 애국자라고 부르곤 했다. 농담 같은 그 말에 미묘한 벽을 느꼈던 여진은 친구들과의 대화가 언제부터 어긋나기 시작했는지를 늘 고민했다.

이제까지 여진은 결혼을 하거나 아이를 갖는 것이 그저 하나의 경험일 뿐이라고 생각했다. 각기 다른 직업을 선택한 사람들이 업무 중에 겪은 소소한 고난과 기쁨을 서로 나누듯이, 딱 그 정도의 깊이로 친구들에게 결혼과 육아에 대한 이야기를 할 수 있을 것이라고 생각했다.

순진한 생각이었다. 사람들은 자기가 아는 영역 안에서 사는 사람들과 대화하는 것을 좋아하니까,

공통점이 줄어든 여진과 친구들 사이가 멀어지는 것은 지극히 자연스러운 현상이었다. 하지만 여진은 친구들과 유리된 자신을 도무지 인정하고 싶지 않아 끝없이 변명을 붙였다. 가정을 보는 관점이 저마다 다르니, 경험하지 않은 생활에 대해 무어라 말을 얹기가 조심스러웠을 거라고. 이 상황의 밑바탕에는 분명 서로의 사정을 모르기에 말을 아끼는 배려가 있을 거라고. 차라리 어쩔 수 없는 일이구나, 라고 생각했다면 여진의 마음이 조금 더 편해졌을지도 모른다. 그러나 여진은 결혼 전의 인간관계를 그대로 붙잡고 싶어 했다. 여진의 마음이 어떠하든 서울과 경기도 끝자락 신도시 사이의 거리만큼 친구들과 멀어졌다는 것은 부인할 수 없는 사실이었다.

더군다나 자신과 달리 전공을 살려 연극 공연을 올리는 친구들의 소식을 SNS로 보고 있노라면 여진은 임신 중인 제 모습이 창피해졌다. 여진이 생각하기에 자신이 지금 느끼는 감정을 이해해 줄 사람은 남편도 아니고 기존의 친구도 아니고 맘 카페에서 만나게 될 이들일 것 같았다. 하지만 지역 커뮤니티나 맘 카페에 가입해서 새 친구를 아등바등 물색하는 자신의 모습을 상상하고 있으려니 외로움이 가슴에 사무쳤다.

지금껏 쌓아 온 인간관계가 모조리 무너져 버

린 듯해 목이 메어 왔다. 여진은 또다시 울기 시작했다. 사랑하는 사람과 결혼했고, 사랑하는 사람의 아이를 가졌고, 행복한 신혼 생활의 초창기를 보내고 있는데 왜 눈물이 흐르는지 이해할 수 없었다. 스스로가 우습게 느껴졌다. 무력하게 울면서 여진이 할 수 있는 일이라고는 남편이 고생해 가며 만들어 준 군고구마를 먹는 것뿐이었다. 어느새 여진의 식욕은 전부 사라졌다. 그럼에도 불구하고 여진은 가장 큰 고구마를 손에 쥐고 보라색 껍질을 까내리고는 한 입 크게 베어 물었다. 차갑게 식은 고구마가 숨통을 틀어막는 것 같았다. 얼마 지나지 않아 여진은 변기에 모든 것을 게워 냈다.

"푸른빛을 띠었다고요?"

다음 날 오후 2시가 조금 지난 시각에 방역 업체 직원이 도착했다. 집 안을 샅샅이 뒤지고 점검한 직원은 여진의 설명에 이렇다 할 답을 내놓지 않은 채 그저 질문만 계속하고 있었다. 직원이 점검하는 동안 벌레는 단 한 마리도 나오지 않았고, 갈색도 검은색도 아닌 푸른 점 같은 벌레라고 하니 곰팡이를 잘못 본 것이 아니냐는 대꾸가 돌아왔다. 여진은 자신이 목격한 바를 다시 상세히 고했지만 직원은 핸드폰으로 무언가를 검색해 엉뚱한 벌레를 보여 주었다.

"중국청람색잎벌레라는 건데, 이 녀석이 남색 빛을 띠거든요."

"아뇨, 이 벌레가 아니에요. 아주 쨍한 코발트블루색이었고, 크기는 더 작았어요. 날개가 있는지 날기도 했고요."

직원은 다음에 벌레를 발견하게 된다면 꼭 사진을 남겨 달라고 했고, 여기는 아직 개발 중인 신도시라 주변에 숲이 있어서 딱정벌레류가 집 안에 들어왔을 수도 있다고 말했다. 간단한 방역 작업을 해 놓고 가겠다고 장비를 꺼내 들기에 여진은 알겠다고 답할 수밖에 없었다. 업체 직원은 주방 걸레받이를 들어내고 그 틈에 스프레이 소독제와 주사기에 담긴 약들을 주입했다. 주방 후드와 문틈, 신발장, 창고, 창틀 사이사이까지 전문가답게 살펴 주는 직원의 등을 보면서도 여진은 끝나지 않는 불안에 괴로워했다. 이쯤 되니 벌레를 본 것이 아니라 태몽 속 장면처럼 기이한 환상을 본 것 같다는 생각마저 들었다.

한 시간 남짓 걸린 방역 작업이 끝나고 직원이 집을 떠난 뒤 여진은 핸드폰으로 벌레의 유입을 막는 방법을 검색했다. 베란다 배수구 트랩부터, 화장실 배수구 트랩, 화장실 환기구 트랩, 거름망까지 주문하고 나니 해가 저물어 가고 있었다. 스트레스를 받아서인지 영 입맛이 돌지 않아 식사를 거른 탓에 배가 고팠다. 여진은 어제 먹다 남긴 고구마를 꺼내 입에 넣었다. 퍽퍽한 고구마는 도무지 목구멍 안으로 넘어가지 않았고 도리어 역겹기까지 했다. 여진은 두세 입 정도만 먹은 고구마를 전부 쓰레기통에 버렸다. 하지만 아기를 위해선 뭐라도 먹어야 했기에 배달 앱으로 감자튀김을 시켜 먹었다. 규환이 퇴근하기까지는 아직도 시간이 많이 남았다. 여진은 그때까지 혼자라는 사실에 겁이 나서 아파트 주민 단체 메신저 방에 들어갔다. 혹여나 이 벌레를 본 사람들이 또 있는지 물어보고 싶었다.

[███아파트 오픈 채팅방]

[106동 여진: 저희 집에 어제 작고 파란 벌레가 나와 방역 업체를 불렀는데, 혹시 다른 댁은 괜찮으신지요…? 임산부여서 그런지 더욱 신경 쓰이네요.]
[지우 엄마: 벌써 벌레가 나왔다고요? 신축이라 벌레 걱정은 안 해 봤는데]
[최진호: 사진]
[최진호: 혹시 이렇게 생겼나요?]

여진은 최진호가 보내 준 사진을 살펴보았다. 평범한 신발장 하단부를 찍은 사진 같았지만 확대해 보니 여진이 본 것과 같은 파랗고 작은 점들이 오밀조밀 모여 있었다. 여진은 가슴께에 걸려 있던 고구마가 한 번에 쑥 내려가는 것 같은 시원함을 느꼈다. 여진은 그 사진을 저장했다.

[106동 여진: 네 맞아요.]
[카페지기: 아파트 문제는 소유주 채팅방에서 이야기해 주세요.]
[권투 하는 무지: 벌레 이야기 더 자세히 해 주세요]
[카페지기: 1. 소유주 카페 링크
2. 인증된 소유주 전용 카카오톡 채팅방 링크]
[카페지기: 입지와 호재만으로도 어느 정도 우상향 가능성이 높은 아파트입니다.]
[권투 하는 무지: 저게 무슨 벌레죠]

카페지기의 권한으로 최진호가 올린 게시물이 삭제되었다. 여진은 삭제되기 전에 최진호의 사진을 미리 다운로드해서 다행이라고 생각했다.

[106동 여진: 카페에서 소유주 등업 신청하면 되나요?]
[카페지기: 네 ^^]
[마사지 중인 제이: 신축으로 올라온 ▲아파트랑 ●아파트에도 일부 세대 벌레 이슈가 있던데요, 관련 있는 건가요?]

[카페지기: 이곳은 ■■아파트 오픈 채팅방으로, 말씀 주신 타 아파트와의 관련 내용은 이야기 드릴 수 있는 부분이 없습니다.]
[방장: 대박 투자 정보 알려 드립니다. 아파트 갭투자 정보. 부자 TMI 연구소. 부티 연구소. 아래 링크로 접속해 주세요]
[채팅방 관리자가 메시지를 가렸습니다.]
[방장 님을 내보냈습니다.]
[카페지기: 링크 지웠습니다. 광고 유입이 많아 조만간 암호 설정을 하겠습니다.]
[최진호: 광고쟁이들이야 애써서 들어와 봐야 10초 컷이고, 입장 코드 바꾸면 vpn으로 우회해도 소용없겠군요]
[102동 뉴비: 우리 아파트가 잘되려는지 광고 유입도 많네요.]
[지우 엄마: 방장이라고 닉 변경까지 아주 노력이 가상합니다 ^^]
[최진호: 코인 광고 부동산 광고하는 분들 알아서 나가세요. 광고 효율 없는 방입니다.]
[파이팅마더: 저희 엄마가 옆 동네 신축 사셔서 그쪽 단톡방에도 제가 들어가 있는데, 거긴 1000세대인데도 이런 광고 본 적이 없는데… 어디 좌표라도 찍힌 건지요.]
[최진호: 여진 님 곧 뵙겠습니다.]
[106동 여진: 네 ^^]

여진은 카페지기가 알려 준 링크를 통해 아파트 소유주 카페에 가입했다. 소유주 인증은 크게 어렵지 않았다. 동과 호수가 나와 있는 매매 계약서 사본을 찍어 올리고, 동과 호수에 이름을 조합한 닉네임을 사용하기만 하면 되었다. 미리 오픈 채팅방에서 이야기를 나눠서인지 등업 글을 작성한 지 5분도 지나지 않아 여진은 금세 정회원이 되었다. 소유주 단톡방 암호를 알아낸 여진은 곧바로 그 방에 접속했다.

누구나 드나들 수 있는 곳이 아닌, 실거주 실소유자의 방이라니. VIP만 들어갈 수 있는 비밀 아지트에 진입한 것 같아 여진의 마음에 자부심이 샘솟았다. 여진은 몇몇 사람들의 환영 인사 속에서 벌레를 보았다는 증언을 발견했다. 누구의 도움도 받지 못한 채 고군분투하다가 이토록 많은 사람과 같은 고민을 나눌 수 있게 되니 여진은 마음 한편이 든든해졌다. 남편인 규환과 대화했을 때는 도무지 느껴 보지 못했던 감정이었다. 채팅방 사람들은 여진이 하는 말을 귀 기울여 들었고, 여진이 하는 말을 믿었으며, 여진이 본 것을 보았고, 여진이 경험한 것을 경험했다. 더 중요한 부분은 여진이 모르는 것들을 그들은 많이 알고 있다는 점이었다.

[카페지기: 다음 달에 건설사와의 주민 간담회가 예정되어 있습니다. 방역을 통한 주민 건강 관리

도 중요하지만 자료 수집의 필요성에 대해서도 모두 유념해 주시길 바랍니다. 사진, 영상, 피해 사실 수기를 준비해 주시고, 서명에 동참해 주시면 됩니다.]

[101동 유아민: ▲아파트랑 ●아파트는 전면 재시공하기로 했다면서요?]

[104동 강현석: 그쪽에 출몰한 벌레는 먼지다듬이라네요. 저희랑 케이스가 다른 듯합니다.]

[105동 정하늘: 저희 아파트에서 나온 건 신종 벌레니까 더 철저하게 처리해 줘야죠. 전체 방역 3회는 좀… 재시공에 피해 보상 방안까지 마련되면 좋겠네요…]

[카페지기: 아직 하자 보수 기간이니 충분히 논의 가능한 사안이라고 봅니다.]

[106동 김여진: 신종이라고요?]

여진의 물음에 소유주 방 사람들은 너도나도 자신이 아는 정보를 친절하고 자세히 알려 주었다. 그들은 '최진호'를 통해 아파트에 출현한 벌레가 신종 벌레라는 것을 알게 되었다고 했다. 여진은 곧 만나 뵙자는 말을 남긴 최진호가 궁금해져서 채팅방 참여자 목록을 훑어보았다. 하지만 목록을 아무리 내려도 그런 이름은 없었고, 그는 유령처럼 풍문 속에서만 존재했다. 사람들 말에 따르면, 최진호는 생태학자로 곤충을 연구하는 사람이었다.

아직 매수 예정자여서 소유주 채팅방에는 초대받지 못했으나 다음 달에 이사 올 예정이라는데…. 부동산 중개인과 함께 집을 보러 왔을 때 그 벌레를 발견했고, 직업이 직업이다 보니 자연스럽게 채집하여 연구한 결과 학계에 보고해야 할, 세상 어디에도 없던 벌레라는 사실을 알아냈다는 것이다.

사람들 이야기에 따르면 그 벌레가 신종이다 보니 인간에게 유해한지 무해한지 아직 밝혀지지 않았고, 어떻게 집 안으로 유입되는지, 어디서 서식하고 어떻게 번식하는지도 알려지지 않았다고 했다. 아토피와 비염, 알레르기질환 환자 중에서 눈에 띄는 신체 변화를 느낀 사람은 없다고들 하니 당장 큰 문제가 생길 것 같지는 않았다. 하지만 작은 일이 쌓이면 어떻게 될지 모르는 것이 사람 일이라 정신없는 단체 메신저 방의 대화 속에서도 불안감이 언뜻언뜻 비쳤다. 특히나 이미 슬하에 아이가 있는 사람과 아이를 가질 예정인 사람, 그리고 임산부인 여진의 경우 그 불안의 정도가 남들보다 컸다.

여진은 최진호가 아파트 입주자 대표에게 공유했다던 파일 자료를 전달받았다. 자료들 중에는 현미경으로 촬영한 듯 굉장히 디테일한 모습까지 드러나 있는 푸른 벌레의 사진이 있었다. 여진은 엄지와 집게손가락으로 핸드폰 화면을 확대해 가며 난생처음 보는 벌레의 형태를 꼼꼼히 관찰했다. 이 벌레는 쌀알처럼 조금은 길쭉한 타원 형태를 갖추고 있었다. 콩벌레의 겉 딱지처럼, 아니 뱀의 비늘처럼 무수히 많은 외골격이 동그란 몸통을 뒤덮고 있었고, 반질반질한 외면은 기본적으로 푸른빛을 띠었지만 빛이 비치는 각도에 따라서 물 위에 뜬 기름처럼 무지갯빛을 띠기도 했다. 아래쪽에는 해파리 촉수같이 길고 가느다란 다리 수십 개가 뻗어 있었고, 각 다리의 끝에는 단단한 갈고리가 달려 있었다. 머리로 추정되는 곳에는 긴 더듬이가 내려와 있었지만, 눈과 입은 어디 있는지 도무지 알 수가 없었다.

여진은 벌레의 몸 어디에도 날개가 없다는 것이 의아스러웠다. 꼽등이처럼 다리를 굽혔다가 점프하는 것일까. 너무나 자연스럽게 공중으로 날아오르던 푸른 점의 모습이, 황급히 코와 입을 막았던 순간이 여진에게는 아직도 생생한 기억으로 남아 있었다. 여진은 괴상하면서도 동시에 신비롭기까지 한 그 존재를 하염없이 바라보다가, 이내 핸드폰을 거두었다. 태교를 위해서는 좋은 것만 보고 좋은 것만 들어야 한다던데, 기묘한 벌레의 모습이 배 속의 아이에게 전달될 수 있다고 생각하니 꺼림칙했다. 여진은 제법 나온 자신의 배를 손으로 쓰다듬었다.

별 태몽으로 점지된 아이. 우리 별님이. 별 태몽

은 별이 가진 상징성에 걸맞게 대중이 선망하는 인물이 태어날 꿈이라고 했다. 아이가 명예를 두르고 유명 인사가 될 길몽이라고 했으니, 태아를 위해 클래식을 듣고 아름다운 미술 작품을 봐 두는 것이 더 좋을지도 모른다. 하지만 여진은 다시금 인터넷에 몰두해 그 벌레 관련 정보를 찾고 또 찾았다.

"여기서 뭐 해."

정신을 차린 여진의 눈앞에 자신을 흔들어 깨우는 규환의 지친 얼굴이 보였다. 데스크톱 앞 의자에서 잠이 들어선지 몸이 찌뿌둥했다. 규환은 집에 뭔가 먹을 만한 것이 있느냐고 물었다. 물론 여진을 깨우기 전 한 차례 부엌을 뒤져 본 뒤에 하는 말이었다. 자신이 그토록 고생해서 사 온 고구마가 쓰레기통에 버려져 있는 것을 발견하지 않았다면 규환은 구태여 음식을 찾으며 여진을 깨우지 않았을 것이다. 먹고 싶다고 해서 사 왔는데 왜 몇 입 먹지도 않고 버렸을까. 그것도 음식물 쓰레기통이 아닌 그냥 쓰레기통에 버젓이. 규환은 손바닥 뒤집히듯 변하는 여진의 식성과 행동에 기가 찰 노릇이었다. 창밖은 이미 어두웠고, 시간은 벌써 밤 10시였다.

하루 종일 벌레에 몰두했던 여진은 당연히 밥을 하지 않았다. 라면이라도 끓여 주겠다며 여진은 냄비에 물을 올렸다. 규환은 더 이상 말을 잇지 않은 채 욕실로 들어갔다. 얼마 후 젖은 머리를 털어 내고 나온 규환이 본 것은 라면이 아니라 냉면이었다.

"왜 냉면이야?"
"신 게 당겨서 이것만 샀더라고…. 담엔 여보가 먹을 컵라면 사다 둘게."

규환은 입씨름하고 싶지 않아서 여진이 차려 준 냉면을 한 젓가락 입에 넣었다. 뜨겁고 매운 음식을 속에 채워 넣으며 피로를 풀고 싶었는데. 그렇다고 다 만들어진 냉면을 먹지 않겠다고 무를 수가 없어 억지로 삼켰다. 여진은 그동안에도 핸드폰에서 눈을 떼지 못하고 있었다. 고요한 집 안에 규환이 냉면 먹는 소리만 크게 퍼졌다. 규환은 방역 업체 직원이 잘 다녀갔느냐고 물었다. 여진은 기다렸다는 듯이 그 직원에게 들은 이야기에 이어서 벌레 이야기, 그리고 입주자 대표 위원회가 설립되었다는 이야기, 곧 주민 간담회가 열린다는 이야기를 늘어놓았다.

"신종 벌레래. 이거 봐."

규환은 차가운 면을 끊으며 여진이 내민 핸드폰 액정 속 크게 확대된 벌레의 모습을 살펴보았다. 밥 먹으면서 볼 만한 사진은 아니었지만 자신의 말이 사실이라는 걸 인정받고 싶은 듯 눈을 빛내는 여진의 손을 마다하기가 어려웠다. 규환은 벌레의 모습을 대충 확인하고는 여진에게 핸드폰을 돌려 주었다. 여진은 자신처럼 규환이 놀라워하거나 아니면 시공사를 향해 분개하면서 무어라 말을 덧붙일 줄 알았는데 생각보다 냉담한 반응이 돌아와 조금 당혹스러웠다.

규환은 직장 상사들이 해 준 말들을 생각하고 있었다. 신축에는 들어가는 게 아니라며, 새집증후군 문제도 있고 하자 보수 건이 많아 귀찮을 것이라고 했다. 그때는 서울서 전세살이하는 자들이 청약을 받아 낮은 가격에 넓은 평수로 이사 가게 된 규환을 시기해 그런 이야기를 한다고 생각했다. 하지만 막상 벌레 문제를 겪고 보니 자신이 오만했는지도 모른다는 생각이 들었다. 목소리 큰 사람들 몇몇이 총대를 메고 이 문제에 앞장선다고 하더라도 완벽한 해결에 이르기까지는 아마도 오랜 시일이 걸릴 것이다. 게다가 벌레 아파트라는 오명이 퍼지게 된다면 집값이 내려갈지도 모른다.

규환은 불안했다. 규환이 하는 일은 광고 아트 디렉팅이기 때문에 더 그랬다. 규환은 카피 한 줄로 보잘것없는 제품이 뛰어난 제품으로 둔갑하고 정성과 노력이 가득 들어간 상품이 쓰레기가 되는 경우를 너무나도 많이 봐 왔다. 까딱 잘못해서 벌레 아파트에 7억 원 가까운 돈을 쏟아부었다니 아깝다는 둥, 그 아파트는 너무 고평가되었다는 둥 하는 저주에 가까운 소리가 나오게 되면 바닥 없이 끌어올린 17층의 높이에서 하루아침에 곤두박질칠지도 모른다. 그렇게 된다면 내가 감당할 수 있을까. 나름 연차가 쌓였다곤 하지만 직장 내 규환의 위치는 아직 불안정했다. 마치 젠가처럼. 좀 더 높은 곳을 향하기 위해 아래쪽 블록을 하나하나 빼내어 위쪽에 아슬아슬하게 쌓아 나가는 위태로운 게임과 제 삶이 닮은 것 같다고 규환은 생각했다.

"입주민들만 알고 있는 이야기지?"

규환이 물었다. 여진은 오픈 채팅방에서도 이야기를 나누었다고 말했다. 규환은 지금 얘기한 내용이 절대로 언론에 노출되어서는 안 된다고 힘주어 강조했다. 여진은 서울도 아니고 경기권 끝자락 신도시에 관심 있는 사람이 얼마나 되겠냐며 규환을 달랬지만, 규환은 여전히 불안했다.

"건설사 대응이 미덥지 않으면 민원 넣거나 방송사에 제보한대."
"미쳤어?"

규환은 순간 날카로운 말을 한 자신에게 놀랐다. 다행히도 여진은 규환의 날 선 목소리에 아랑곳하지 않고 왜 그렇게 과민 반응 하냐며 웃었다. 현실적이어야 할 때 이상적인 관점으로 긍정적인 미래를 바라보는 태도는 여진의 장점이자 단점이었다. 규환은 그걸 알고 있었다. 모든 장점이 모조리 단점이 되는 연애의 끝을. 그 단점이 다시 장점으로 바뀌어 보이게 되는 순간의 영원한 반복이 결혼 생활이라는 것을. 규환은 자신의 부모를 통해 그 점을 배웠고, 어느새 자신도 부모를 답습하고 있다는 것을 깨달았다. 다들 이렇게 사는 걸까. 규환은 깔끔하게 비운 냉면 그릇을 설거지통에 넣고, 양치질을 마친 뒤 잠자리에 누웠다. 여진은 그 옆에 누워 아직도 할 이야기가 남았는지 벌레에 대해 한참을 더 늘어놓았다.

"듣고 있어?"

여진이 물었다.

"어."

규환이 대답했다. 듣고 있는 건 사실이었다. 다만 몰려오는 피로에 흐려지는 정신을 규환의 의지로는 붙잡을 수 없다는 게 문제였다.

"별님이 태몽 말이야. 괜찮을까. 나 사실 거짓말했어. 아니 거짓말을 하려고 한 건 아닌데. 착각한 것 같기도 해서. 내가 본 장면은 꿈이 아니었다는 생각이 들어. 듣고 있어?"
"어."

규환의 의식이 멀어져 갔다.

"… 여기 온 첫날 밤에 꾼 꿈이잖아. 얼마 지나지 않아서 벌레가 나왔고. 벌레가 파란색이더라고. 내가 꿈속에서 본 별도 푸른빛이었어. 여보, 그게 별이 아니라 벌레들이 뭉쳐 있던 거면 어떡하지? 벌레 덩어리를 당장에 집 밖으로 내쫓았어야 했는데, 바보같이 집 안에 들여온 거지."

"빛이 났다며."

"응. 빛이 났지."

"반딧불이 태몽인가 보네."

"아니, 신종 벌레라니까. 우리 아파트에 다 퍼졌다는 이상한 벌레. 듣고 있어?"

"어."

"안 듣잖아."

날카로운 여진의 목소리에 평화롭게 꿈속으로 침전하고 있던 규환은 머리채를 붙잡혀 억지로 끌려오듯 다시 현실로 돌아왔다. 잠이 들 것 같은 순간에서 멀어지게 되니 규환은 악, 소리를 내지르고 싶을 만큼 짜증이 났다. 하지만 여진의 배 속에는 자신의 아이가 있으니까. 인내해야 했다.

"상식적으로 생각해 봐."

"뭘?"

"나 내일 출근해."

여진은 침묵으로 답했다. 여진에게는 불안을 잠재워 줄 단 한마디의 말이 필요했다. 그 말을 듣기 위해 규환을 갉아먹으면서 이야기를 푼 셈이었다. 여진은 스스로가 조금 한심하게 느껴졌다. 이기심과 자책감에서 멀어지고 싶어 규환에게서 몸을 떼고 눈을 붙였다. 눈꺼풀이 스위치라도 되는 양 여진은 어디서든 눈만 감으면 쉬이 잠들었다.

이제야 규환은 자신을 둘러싼 고요 속에서 평화를 만끽할 수 있었다. 규환에게는 그런 쉼이 필요했다. 오늘 하루는 규환에게 너무나도 버겁고 힘들었다. 무어라 콕 집을 만한 사건은 없었다. 어제 한 일과 비슷한 오늘의 일을 해결했을 뿐인데, 직장 생활은 언제나 같은 양의 스트레스를 안겨 주었다. 규환이 하루치 스트레스를 푸는 방법은 오직 잠이었다.

그러나 잠은 늘 부족했고, 치러 내야 할 하루는 언제나 찾아왔다. 일과를 견디고 나면 규환은 억울한 마음이 들었다. 인생이 이렇게 굴러가고 있는 것을 받아들이고 인내해야 한다는 것이 싫었다. 오로지 자신이 선택하고 책임지는 자신만의 삶을 누리고 싶었다. 그러나 그 이후로도 규환은 집에 있는 시간 내내 신종 벌레에 관한 이야기를 들어야 했다.

시간이 지날수록 벌레의 존재는 공고해져 갔다. 그럼에도 불구하고 규환은 신종 벌레를 단 한 번도 마주한 적이 없었다. 남들은 존재를 알고 중요한 문제라 이야기하는데 자신은 전혀 듣지도 보지도 느끼지도 못한 것. 바로 옆 사람이 경험을 실감 나게 전하고 두려움을 표현하는데 자신은 상상조차 할 수 없는 것. 어느샌가 규환은 벌레 이야기가 여진의 임신 이야기와 비슷하다고 여기게 되었다.

"보이시죠? 여기가 다리예요."

아이가 생긴 지 15주 차 3일째 되는 날 기형아 검사를 하기 위해 들른 병원에서 초음파 사진을 보여 주었다. 흑백 사진보다 아이의 존재를 더 선명하게 느낄 수 있는 컬러 입체 초음파 사진이었다. 규환은 이제 제법 사람 형체를 갖추기 시작한 존재가 자신의 아이라는 것이, 그 아이가 여진의 배 속에서 꿈틀대고 있다는 것이 믿기지 않았다. 의사는 성별을 이토록 명확히 알 수 있는 경우가 드물다고 말하며 아이가 딸이라는 소식을 넌지시 전해 주었다. 기형아 검사는 무사히 마무리되었다. 검사 결과는 2~3일 후에 문자로 받아 볼 수 있다는 이야기를 듣고 병원을 나섰다. 규환은 한껏 상기되어 있는 여진의 얼굴을 살펴보았다. 여진은 지금 무엇을 느끼고 있을까. 규환의 생각이 여진에게 전해졌는지 여진이 입을 열었다.

"이래서 임신 기간이 열 달인가 봐."
"무슨 말이야?"
"첫 달에 바로 낳으면 누가 모성애를 가질 수 있겠어."

여진은 귀엽게 솟아오른 아랫배가 조금씩 팽팽해져 가는 것을 느끼며 수줍게 웃었다. 하루에도 몇 번씩 속을 울렁이게 만들었던 입덧 증상은 거의 사라졌고, 여진의 몸은 어느 정도 안정기에 접어들었다.

여진은 한 주 한 주 시간을 보내면서 배 속에 생긴 낯선 존재에게 마음을 열어 갔다. 자신의 존재가 무대 뒤편으로 사라진다는 것이 아직도 아쉬웠지만, 자신이 살아 있음을 하루에도 수십 번씩 느끼게 만드는 존재에 대한 애정이 점점 쌓였다. 15주 차에 들어선 여진은 배 속이 꿀렁이는 감각을 경험할 수 있었다. 이즈음부터 태동이 느껴진다더니. 여진은 기꺼이 아이의 존재를 받아들이고 있었다.

여진의 이야기를 들은 규환은 여진과 자신이 다른 세계에 존재하고 있다는 느낌을 받았다. 아이도, 벌레도 규환의 세계에는 아직 등장하지 않은 미지의 존재였다. 규환은 스스로에 대한 환멸을 느꼈지만, 동시에 어쩔 수 없는 일이라는 생각도 들었다. 규환은 속내를 들키지 않으려 가슴속에 밀려오는 감정들을 삼키며 웃었다. 어쨌든 간에 아이가 태어나기만 한다면 자신 또한 여진과 같은 기분을 느끼게 될 것이라고 애써 마음을 다잡았다.

"그리고 벌레 말인데, 파티클보드 때문이래."

"목재 때문이라고?"

"응. 시공사에서 답변받았고 무상 방역 해 준대."

여진은 소유주 단체 메신저 방에서 들었던 정보를 규환에게 전달해 주었다. 그간 입주자 대책위는 여러 방법을 통해 시공사에게 의견을 전했고, 건설사 주관으로 초음파 및 내시경 조사를 한 결과 붙박이 가구들의 원재료인 수입산 목재가 문제의 원인을 제공한 것으로 보인다는 평가를 받아 냈다. 공동주택관리법에 따라 아파트 입주자는 담보 책임 기간에 하자 보수 서비스를 받을 수 있었다. 옆 동네 다른 아파트 주민들처럼 가구 전면 교체까지 따내지는 못했지만 세 번의 방역 작업이 이루어진 것만으로도 큰 성과라는 안내 방송이 나왔던 것을 여진은 똑똑히 기억하고 있었다.

"방역하는 동안 호캉스 갈까?"
"어? 집 비워야 하는 거 어떻게 알았대."
"상식적으로, 그 편이 별님이에게 좋겠지."

여진은 신난 얼굴로 들은 이야기를 마저 전했다. 해충 박멸용 약이 독하기 때문에 방역 작업 기간에는 집을 하루에서 이틀 정도 비워야 한다는 것이었다. 규환은 여진의 설명에 대충 고개를 끄덕이면서 근처의 머물 만한 호텔을 찾아보겠다고 말했다. 병원 지하 주차장에 주차되어 있던 차는 이내 잘 정돈된 도로를 달려 나갔다. 여진은 자신을 흔들어 놓았던 사건들이 훗날 아주 작은 일들로 치부될 것이라 믿었다. 그렇게 믿는다고 표현해야만 꼭꼭 숨겨 놓은 불안이 자신을 덮치지 않을 것만 같았다.

[최진호: 코로나 변이 확진자라도 나온 건가요?]
[금파트희망자: ? 그게… 뭔 소리죠…]

[최진호: 아파트 정문으로 전문 방역 업체 차량이 나와서요.]

[102동 뉴비: 다 아시는 분이 굳이… ^^?]

[최진호: ?]

[생각하는 라이언: 코로나 위험이 아직도 있다고요…?]

[카페지기: 새집증후군 해결을 위해 부른 전문 업체입니다.]

[최진호: 입주 시작 3개월 만에 말이죠? 그런 얘기는 듣지 못했습니다만.]

[카페지기: 소유주 단톡방에 더 많은 정보가 있습니다.]

[금파트희망자: 본인 돈… 꽂고… 말 없으시죠… 이리저리… 간 보지 말고…]

[최진호: 벌레 방역이라는 이야기죠?]

[매수예정자: 벌레 이슈가 사실인가요?]

[최진호: 제 말을 신뢰하지 않는군요.]

[채팅방 관리자가 메시지를 가렸습니다.]

[채팅방 관리자가 메시지를 가렸습니다.]

[채팅방 관리자가 메시지를 가렸습니다.]

[채팅방 관리자가 메시지를 가렸습니다.]

[최진호 님을 내보냈습니다.]

메신저 단체 방의 시끄러운 알람 소리에 여진은 잠에서 깨어났다. 포근한 호텔 침구 때문인지 제법 임산부 태가 나는 배 때문인지 여진은 눈을 떴음에도 한동안 자리에서 일어나고 싶지 않아 뒤척였다. 고개를 돌리자 침대 아래로 떨어진 베개와 구겨져 있는 이불이 보였다. 규환이 황급히 출근한 흔적인 모양이었다. 3일째, 여진은 규환과 함께 신혼여행 같은 호캉스를 즐기고 있는 중이었다. 하루 이틀 정도만 집을 비우면 된다는 안내를 받았지만 혹시 모르니 2박 3일간 호텔에 머물기로 했더랬다. 여진은 핸드폰으로 시간을 확인했다. 점심에 가까운 시간인지라 체크아웃을 준비해야 했다. 바삐 몸을 움직여 겉옷을 챙겨 입고 나서야 여진은 입주자 단체 방의 메시지가 모조리 삭제되었다는 사실을 알아챘다. 재빨리 소유주 단체 방에 들어가 상황을 살펴보았지만 그 방에서 나눈 대화 역시 대부분 삭제되어 있었다.

[106동 김여진: 무슨 일인가요?]

메신저 방은 조용했다. 여진의 소소한 질문에도 한달음에 달려와 메시지를 남겼던 사람들이 하루아침에 전부 사라져 버린 것만 같았다. 여진은 점심시간이라 사람들이 식사 중인 모양이라고 생각하며 호텔을 나왔다. 택시를 타고 10분가량 이동하니 신축 아파트 주변에 마련된 큼지막한 공원이 보였다.

여름 햇살이 따사로이 쏟아지고 있었고 우거진 녹음은 자연의 빛을 싱그럽게 뽐내고 있었다. 여진은 문득 걷고 싶어져 택시 기사에게 양해를 구하고 목적지를 변경해 공원 앞에 내렸다. 공원 안에는 언덕이 있었다. 아파트 단지와 가까워질수록 경사가 급해졌다. 산을 깎아 만든 도시여서 그런지 개발이 채 이뤄지지 않은 곳에는 군데군데 언덕이 자리하고 있었다. 가파르지 않아 가볍게 걷기 좋았기에 여진은 공원을 가로질러 갔다.

이대로 쭉 10분쯤 걸으면 여진이 살고 있는 신축 아파트 후문이 나온다. 공원에는 산책을 나온 주민들이 몇몇 있었다. 모두들 여진과 비슷한 나이 또래인 듯했다. 어쩌면. 여진은 자기도 모르게 혼잣말을 내뱉었다. 어쩌면 이곳에서 새로운 관계를 꾸려 갈 수 있을지도 모른다고. 공원 한가운데에 만들어진 인공 호수 너머에서 산뜻한 바람이 불어왔고, 유모차를 이끌고 나온 젊은 여성들이 여진의 곁을 스쳐 지나갔다. 여진은 그들과 함께 유모차를 끌며 소소한 일상을 나누는 제 모습을 상상해 보았다. 유모차 안에서 밝게 웃는 별님이의 예쁜 얼굴이 눈앞에 그려졌다. 2차 기형아 검사까지 마친 별님이는 특별한 이상 소견 없이 아주 건강했다. 입덧으로 몸무게가 4kg이나 빠진 터라 걱정스러웠는데 아이에게 별 이상이 없어 다행이었다.

어느덧 여진은 임신 16주 차에 이르렀고 이전처럼 냄새에 민감하게 반응하지 않았다. 오히려 조금이라도 음식 냄새가 나면 입에 침이 고였다. 식비는 전달과 비교해 두 배 가까이 늘었다. 여진은 새콤하고 매운 음식들이 당겼다. 이를테면 케첩을 잔뜩 부어 넣은 떡볶이 같은 것. 임신 전에는 떡볶이를 먹지 않았고, 떡볶이에 케첩을 넣는 일은 상상조차 하지 못했다. 앞으로 뜻밖의 경험을 얼마나 더 많이 하게 될까. 여진은 콧노래를 부르며 걸음을 옮겼다. 어느새 우뚝 선 아파트 후문 입구가 보였다.

입구로 들어서자, 아파트 뒤편에 난 작은 오솔길이 시야에 들어왔다. 나름 공원과의 경계를 나타내는 난간이 있었지만, 숲세권 아파트답게 숲에서 뻗어 나온 나뭇가지가 길 안쪽에 드리워져 있어 마치 비밀스러운 정원 길 같았다. 고즈넉한 분위기를 즐기던 것도 잠시. 여진의 휴대폰에서 알람이 울렸다.

[카페지기: 전 세대 방역 작업이 완료되었습니다. 벌레보다 더 벌레 같은 건설사와 담판 짓는 일에 도움을 주신 입대위 여러분께 감사의 말씀을 전합니다. 분사력이 강한 초미립자 분사기로

아파트 입구부터 시작하여 쉼터, 경비실, 엘리베이터, 지하 주차장, 하수구 및 전 세대에 꼼꼼히 약품을 도포하였습니다. 주민 여러분께서 생활에 불편함 없이 안전하고 건강하게 하루하루 보내시기를 기원합니다.]

[카페지기: 방역 업체 홈페이지 링크]

[카페지기: 자세한 사항은 위 링크를 참조해 주세요.]

소유주 메신저 방에 카페지기의 공지 글이 올라가자 사람들이 하나둘, 수고하셨다는 인사를 하기 시작했다. 여진도 골치 아픈 문제를 앞장서서 해결해 준 입대위에게 감사의 마음을 전했다. 무수한 감사 표시가 이어지는 바람에 여진이 했던 질문은 모두의 머릿속에서 잊힌 듯했다. 여진은 핸드폰으로 아파트 주민 카페에 접속하여 벌레 관련 글을 읽어 보았다. 그곳에도 별다른 정보가 없었다.

이번엔 카페의 작성자 검색 기능을 이용해 최진호를 찾아보았다. 그가 올린 글은 가입 인사 글 말고는 아무것도 없었다. 활동적인 사람으로 보였는데 이토록 게시글이 없다는 것이 의아하여 새로 고침을 한 순간 방금 본 가입 인사 글이 삭제되었다. 그 순간을 목격한 여진은 심장이 쿵 하고 떨어지는 듯한 느낌이 들었다. 가깝게 느껴졌던 아파트 주민

들로부터 한 발짝 멀어진 것 같았다. 중심부로 가고 싶다는 마음이, 소속감을 느끼고 싶다는 욕망이 매번 좌절되는구나 싶어 신물이 났다. 이대로 가면 최진호는 인터넷 카페에서도 강퇴당할 게 분명했고, 그럼 여진은 진실을 모르는 채로 외부인처럼 검열이 이루어지는 메신저 방 안을 부유하게 될 것이 뻔했다. 여진은 최진호에게 쪽지 메시지를 보냈다. [실례지만, 무슨 일이 있었나요?] 간결한 문장을 보내자마자 최진호는 카페에서 자취를 감췄다. 강퇴였다.

"잇취- 잇취- 잇취."

바로 그때, 여진이 걷던 길의 끝에서 한 여성의 기침 소리가 들려왔다. 여름 감기라도 걸렸는지, 연거푸 재채기하는 소리와 코를 푸는 소리가 이어졌다. 여진처럼 산책하다가 후문으로 들어온 사람일까. 소리가 나는 곳은 아파트를 끼고 돌아가는 코너 안쪽이었다. 비슷한 나이 또래의 이 아파트 주민이라면 한번 말을 걸어 볼까. 여진의 마음속에 불쑥 그런 용기가 솟았다. 호기롭게 소리가 나는 쪽으로 나아가니 재채기 소리 말고 다른 소리도 들렸다. 서걱, 하고 묵직한 쇠가 땅을 파고드는 소리. 털퍽, 하고 커다란 흙더미가 떨어지는 소리. 땅을 파내는 소리였다. 아파트 화단에 뭐라도 심으려는 이웃일까? 소리의 정체를 향해 다가간 여진은 숨을 헉하고 멈출 수밖에 없었다. 수상한 여자가 거기에 있었다. 막 전역한 사람 같은 반삭발을 한 여자는, 이 더운 날에 검은 우비를 입은 채 삽질을 하고 있었다. 한 군데가 아니라 여기저기를 파 놓았는데, 파낸 깊이가 하나같이 그리 깊지 않았다.

"저… 뭐 하시는 거예요?"

여진은 자신도 모르게 말을 걸었다. 여자는 삽질을 멈추더니 여진을 바라보았다. 그러곤 되려 여진에게 질문을 뱉었다.

"잇취- 이거 언제- 취. 생겼. 잇-취. 어요?"
"아파트요?"
"잇취-"

여자는 대답 대신 재채기를 하며 고개를 끄덕였다.

"2년 전에 착공 들어갔죠."
"잇취- 왜요."

왜냐니. 여진은 여자의 질문에 답할 말이 없었다. 정부는 신도시 정책을 펼쳐야 했고, 건설사는 돈이 필요했고, 입주민은 집이 필요했다. 그것 외에 다른 이유가 무엇이 있단 말인가.

"… 필요하니까요."
"누구한테 잇-취. 더 필요-취. 한데."

여자의 재채기 소리가 허공에 울려 퍼졌다. 여자는 여진을 뚫어져라 응시했다. 여진은 어딘가 풀려 있는 여자의 눈을 마주하기가 꺼림칙했다. 시선을 내리깔며 여진은 걸음을 다시 옮겼다. 뒤돌아서 왔던 길로 되돌아가고 싶진 않았다. 등을 내보이며 당신을 거절하겠다는 마음을 내비치기보다 그대로 스쳐 지나가는 편이 더 나은 선택이 될 것 같았다. 한 걸음 두 걸음 여자에게 가까이 갈수록 여진의 심장이 더 크게 울렸다. 이윽고 여진은 여자의 곁을 지나갔다. 그 찰나 아주 작지만 분명한 목소리가 들렸다. 여자가 기침을 꾹꾹 참으며 토한 한마디.

"씨이-발."

그토록 정확한 발음의 욕설을 들은 지가 너무 오래돼서 그런지 여진의 심장은 더욱 요동쳤다. 갑자기 왜 그런 욕을 했는지 알 길이 없었고 왜 자신에게 아파트가 언제 생겼냐는 질문을 했는지 이해가 되지 않았다. 여진의 머릿속은 이 괴상한 여자와 더 이상 엮이지 말아야 한다는 생각으로 가득 찼다. 여진의 걸음이 빨라졌다. 걷는다기보다 달리는 것에 가까웠다. 시발. 시발. 시발. 씨발. 씹할. 씨이-발. 씨이빨. 뒤쪽에서 욕설을 내뱉는 여자의 목소리가 점점 더 커져 갔다. 그리고 점점 더 멀어졌다. 숨이 턱 끝까지 차올랐다. 그렇게 빨리 움직이진 않았는데 속이 울렁거렸다. 한참을, 한참을 뛰고 나서야 뻥 뚫린 단지 내 보도와 관리 사무소를 발견했다.

이제야 여진은 안전지대로 돌아왔다는 느낌을 받았다. 다리에 힘이 풀리고 허리가 절로 굽었다. 애써 마음을 가라앉히며 숨을 고른 뒤 여진은 핸드폰을 꺼내 들었다. 쿵쿵 울리는 심장 박동 소리가 전신을 휘감았다. 온 세포에 심장이 달린 것처럼 쿵. 쿵. 쿵. 쿵. 여진은 덜덜 떨리는 손가락으로 규환에게 전화를 걸었다. 규환은 당연히도 받지 않았다. 지금은 업무 시간이기 때문이었다. 여진은 핸드폰의 연락처 목록을 내리며 통화할 사람을 찾아 헤맸다. 부모님께는 걱정을 끼치고 싶지 않았다. 친구도 직장 생활 중인 건 마찬가지였다. 민폐를 끼치고 싶지 않아서, 이해해 줄 것 같지 않아서, 거절당하고 싶지 않아서 수십 명을 배제하고 나니 연락할 사람은 단 한 명도 남지 않았다.

"괜찮으세요?"

여진이 화들짝 놀라 뒤를 돌아보니, 지긋한 나이의 경비원이 걱정스런 얼굴로 서 있었다. 이 사람이다. 여진은 자신의 목격담을 진지하게 들어 줄 사람을 발견했다는 생각에 감정이 북받쳤다.

"저기에 이상한 여자가 있어요."

여진은 앞서 지나온 길을 가리켰다. 삽질 소리

도, 재채기 소리도, 욕설도 들리지 않는 고요가 거기에 있었다. 여진은 자신이 본 여자에 관해 설명했다. 저 혼자 바리깡으로 밀어 버린 듯 길이가 일정치 않은 반삭 머리를 한 여자가, 검은 우비를 뒤집어쓰고 아파트 뒤뜰 땅을 마구잡이로 파고 있다고. 화단을 꾸미려는 것 같지는 않고, 관리 업체 직원도, 방역 업체 사람도, 입주민도 아닌 것 같은데 외부인이 왜 그곳에서 삽질을 하고 있는지 도저히 모르겠다고. 당장 경찰에 신고를 하거나 경비원들이 순찰을 해서 그 여자를 이 아파트 단지 밖으로 내쫓아야 한다고.

여진이 속사포처럼 내뱉은 말에 경비원은 의아하다는 듯 여진이 한 말을 그대로 되돌려 질문했다. 그러니까 여자가 있었단 말이죠? 짧은 머리를 하고 화창한 날씨에 우비를 입고 있었단 말이죠? 비슷한 물음에 몇 번씩 같은 대답을 하고 나서야 여진은 경비원이 자신의 말을 온전히 믿지 않는다는 것을 깨달았다. 경비원은 여진의 부른 배와 펑퍼짐한 임부복 원피스를 눈으로 훑더니만 자신이 순찰을 돌 터이니 걱정하지 말고 몸을 추스르라며 여진을 도닥였다. 여진은 경비원에게 자신이 몇 동 몇 호에 사는 사람임을 밝힌 다음, 꼭꼭 조치하여 결과를 안내해 주길 바란다고 수차례 강조한 뒤 집으로 돌아왔다.

"또 왜 그러는데."

회식이 있어 적당히 술에 취한 채 밤 12시에 돌아온 규환은 또 한 번 현관 앞에서 울고 있는 여진을 마주했다. 처음 여진의 나약함과 눈물을 마주했을 때는 새하얗기만 했던 머릿속은 이제 내뱉을 수 없는 말들로 새까매졌다. 후. 규환의 숨에서 알코올 냄새가 낙낙히 풍겼다. 여진은 눈물을 흘리며 오늘 있었던 일들을 두서없이 규환에게 쏟아 냈다. 내가 무슨 일을 겪었는지 아느냐는 말로 시작된 여진의 이야기는 규환에게 있어 한없이 얼토당토않은 헛소리였다.

"듣고 있어?"
"어."
"근데 왜 대답을 안 해."
"이해가 안 돼서."
"어떤 부분이? 어디서부터 다시 설명할까?"
"아니, 설명 안 해도 돼. 무슨 말인지는 알겠고, 내가 이해 못 하고 있는 건 지금 이 상황이야. 벌레 때문에 건설사가 방역 작업 마무리했다면서. 다 끝난 거잖아. 우리 아파트가 대장 아파트라며. 우리 아파트값이 올라야 인근 아파트값도 키 맞추기 된다면서 다른 단지 사람들까지 우리를 응원하는 중인데, 이상한 말 꺼내서 메신저 방이랑 카페 물 흐리는 사람이 퇴출당한 게 뭐가 이상해. 실매수자가 아니라며? 어떻게 해서든지 꼬리표 붙여서 후려치기 한 다음에 갭 투자 하려는 놈인가 보지. 상식적으로 카페지기가 괜히 메시지 삭제하고 퇴출시켰겠어? 그놈이 벌레 학자든 벌레 박사든 간에 알 게 뭐야."

"하지만"

"땅 파는 여자는 그냥 미친년인가 보지. 경비원한테 말했다며. 알아서 경비를 강화하거나 순찰을 더 돌거나 더 심각한 일이면 경찰에 신고할 텐데 그걸 왜 자기가 걱정해? 전혀 신경 쓸 필요 없는 일들이 벌어진 거뿐이고 심지어 다 끝났어."

"하지만"

"애초에 네가 내 말대로 택시 타고 정문으로 들어갔으면 그 여자 만날 일은 없었을 거야. 내 말이 틀려?"

"하지만"

"나 내일 출근해야 해. 자야 한다고. 지금 당장 눈 붙여도 네 시간밖에 못 자. 난 이 짓을 매일같이 해. 네가 이렇게 살아 봤어? 하루 종일 일하고 와서 내 시간은 전혀 못 누리는데 논리라곤 하나도 없는 네 말까지 견디고 묵묵히 듣고 고개나 끄덕이는 게 네가 원하는 거야? 연기하면서 살기를 바란다면 평생 그렇게 해 줄게. 내가 뭐라고 대답해 주면 돼?"

"그냥 자."

여진의 눈물이 그쳤다. 영원히. 여진은 규환이 자신의 심정을 영영 이해하지 못할 것이라고 생각했다. 후. 규환은 잠시 여진을 바라보다가, 의례적인 느낌으로 여진을 안아 주었다. 호르몬 변화 때문에 기분이 들쑥날쑥한 건 알겠는데, 자신의 컨디션도 썩 좋지 않으니 이해해 달라며 도닥였다. 실은 그간 꾹꾹 참아 둔 말을 내뱉어 속이 시원해졌지만 임신 중인 아내를 몰아붙인 터라 미묘한 죄책감이 들기도 했다.

규환은 때때로 여진이 벅찼다. 규환이 좋아했던 여자는 어디론가 사라져 버렸다. 신혼 생활이 시작된 뒤로 여진은 작은 일 하나에 울음을 터뜨렸고 한마디라도 어긋나면 꼬투리 잡으려고 안달 난 사람처럼 전투 태세에 돌입했다. 아이를 가지면 몸과 일상이 변화하면서 우울해진다던데 잠깐이라도 몰두할 수 있는 일을 맡기면 달라질까.

규환은 내일 퇴근할 때 작업용 이미지 시안을 몇 개 가져와서 여진에게 할 일을 줘야겠다고 생각했다. 벌레나 이상한 여자 따위에 쏠린 관심을 돌려야 했다. 일을 함으로써 자신이 아직 사회적으로 쓸모 있는 사람이라고 느끼게 된다면 상태가 조금이나마 나아질 것이라는 확신이 들었다. 한편 규환의 품에 안긴 여진은 규환에게서 풍겨 오는 담배 냄새와 술 냄새에 속이 뒤집힐 듯 울렁거려 구역질을 겨우 삼켰다. 규환의 도닥거림을 목석처럼 견뎌낸 뒤 그가 씻고 침대에 누워 눈을 붙이고 하루를 끝내는 모습을 바라보았다.

여진이 보고 듣고 느끼고 생각하는 것들은 규환에게 있어서 모조리 비상식적이고 비논리적이며 비현실적인것 같았다. 하지만 여진은 설명할 수 없었다. 규환이 무엇을 알아주길 원하는지 여진 스스로도 명확히 답을 내기 어려웠다. 말이라는 게 참 우습다. 여진은 생각했다. 경험을 온전히 표현하지도 전달하지도 못하는 인간의 음성기관이란 참 보잘것없다고. 또 한편으로 여진은 이유 모를 불안 속에서 홀로 허우적거리는 자기 자신에게 신물이 났다.

욱.

여진은 배를 움켜잡고 주저앉았다. 구역감이 밀려왔기 때문이 아니었다. 난생처음 느껴 보는 생경한 고통이 여진의 배 속에서 꿈틀거렸다. 말하자면 그건 태동이었다. 여진이 받은 스트레스가 배 속의 아이에게 전달된 탓일까. 아이가 분노를 표출하고 있는 것 같았다. 여진은 제 얇은 뱃가죽 안쪽에서 꿈틀거리는 움직임을 느꼈다. 그 움직임을 진정시키려는 듯 여진은 양손으로 배를 움켜잡았다. 그러자 태아는 복부 안으로 손을 뻗어 내장을 마구 꼬아 대고 뒤섞어 댔다.

상식적으로. 여진은 규환의 말버릇을 흉내 내 보았다. 자궁 안에 있는 아이가 손을 뻗어 장기를 꼬아 놓을 수는 없다. 이따금 발차기로 갈비뼈를 치기는 할지언정, 태아가 엄마의 장기를 뒤섞는 일은 불가능하다. 상식적으로. 고통에 휩싸인 사람에게 상식 따위가 무슨 소용인가. 여진은 배 속에 있는 것이 제 아이임을 알고 있었지만, 낯선 존재가 제 손이 닿지 못하는 곳에서 날뛰고 있다는 사실이 미치도록 두려웠다. 시발. 여진은 오늘 낮에 본 여자의 말을 따라 했다. 시발. 시발. 씨발. 씨발. 씨이-발. 점점 커지는 목소리에 규환이 깨어나 여진을 응시했다. 어둠 속에 자리 잡은 네 개의 눈동자가 서로를 마주했다. 여진의 질에서 피가 섞인 분비물이 흘러내렸다.

산부인과에서 여진은 별다른 이상이 없다는 소견을 받았다. 초음파 영상 속 아이는 아무 일도 없었다는 듯 태연하게 자리하고 있었다. 의사는 혹 무리한 운동을 한 것은 아니냐고 물어보았고 여진은 괴이한 여자를 보고 숨이 찰 정도로 뛴 적이 있었다고 말했다. 의사는 운동을 삼가라며 피가 비치거나, 손이 붓거나, 이유 없는 두통 또는 복통이 있을 때는 꼭 지금처럼 병원에서 검사를 받아야 한다고 조언했다. 덧붙여 오늘 참 잘 오셨다고, 맘을 졸이며 찾아오느라 고생하셨다고 위로의 말을 건네주었다. 여진의 눈에서 왈칵 눈물이 쏟아졌다. 의사는 울음을 터트린 여진의 등을 둥글게 도닥이며 간호사에게 안내를 부탁했다. 여진은 감사합니다, 라는 말을 연신 되뇌며 진료실을 나왔다.

"힘드시죠. 임신 중에는 많이들 우울해하세요."

간호사가 여진을 달래며 말했다. 여진에게는 그 말이 구원의 동아줄이나 다름없었다. 덥석, 두 손으로 간호사의 팔목을 붙잡으며 여진이 말했다.

"저만 이러는 게 아니죠?"
"그럼요."
"다들 겪는 거죠?"
"그럼요."
"제 말 듣고 있죠?"
"그럼요, 산모님."

간호사는 아주 능숙하고도 부드럽게 자신을 붙잡은 여진의 손을 풀며 대기실로 이끌어 주었다. 간호사가 건네준 티슈 갑을 품에 안은 채로 눈물을 쏟고 나니 이름이 불렸다. 여진은 수납을 마친 뒤 병원 밖으로 나왔다. 바깥바람에 말라 가는 눈물을 느끼며 여진은 자신의 울음이 이 세상에 아무런 영향을 미치지 못하고 지나갔다는 것을 깨달았다. 여진의 눈물은 지저분한 분비물에 불과했다. 바로 그때 띠링, 하고 핸드폰 알람이 울렸다. 여진은 당연히 규환에게서 연락이 왔을 거라고 생각했다. 어젯밤 도무지 이해할 수 없다는 표정을 지었던 규환의 얼굴을 여진은 잊지 못했다. 그 얼굴을 마주한 순간 여진은 규환과 자신이 영원히 닿지 않는 평행선처럼 각자의 자리에 서서 서로를 쳐다보는 것밖에는 할 수 없는 사이가 될 것 같다는 생각이 들었다.

[106동 김여진 씨 맞으시죠?]

알람 음의 주인공은 최진호였다. 그는 먼저 연락해 주어 고맙다는 말을 건넸다. 그러곤 곧바로 본론으로 들어가 방역 작업이 끝난 이후 여진의 집에서 신종 벌레의 흔적을 발견한 적이 있느냐는 질문을 던졌다. 최진호가 말하기를 그 벌레는 단순한 방역 작업으로는 절대 물리칠 수 없는 존재이고, 자신이 지금껏 연구한 결과를 입대위에게 공유했음에도 불구하고 무시당했으며, 그들은 아파트값 하락을 막기 위해 큰 문제를 그저 쉬쉬하고 있을 뿐이라고 했다. 덧붙여 슬하에 아이가 있거나 임신 중이거나 임신 계획 중이라면 특히나 더 위험하니, 자세한 이야기를 듣고 싶다면 꼭 연락을 달라며 전화번호를 남겼다. 여진은 당장에라도 최진호에게 연락해서 자신이 겪은 일련의 사건들을 하나의 답으로 연결 짓고 싶었다. 여진이 최진호의 연락처를 외워서 핸드폰에 입력하려는 찰나 전화벨이 울렸다. 규환이었다.

"병원에서 뭐래?"
"이상 없대."
"후."

규환은 안도의 한숨을 쉬었다. 여진은 수화기 너머로 들리는 그 숨소리에서 어젯밤 맡은 역한 입냄새가 풍겨 오는 듯해 절로 얼굴을 찡그렸다.

"미안해."
"아냐."
"스트레스 때문이래?"

규환은 악몽 같았던 어젯밤을 다시금 떠올렸다. 배를 붙잡고 침실 문 앞에 주저앉아 계속 욕을 지껄이는 아내의 모습을 보며 규환은 누구냐고 물을 뻔했다. 여진의 탈을 쓴 괴물이 비명을 내지르는 것만 같았다. 규환은 당장 여진에게 달려가 응급실에 가 보자고 했지만, 여진은 잠이나 자라며 매섭게 쏘아붙였다. 자신을 표독스럽게 바라보는 여진의 두 눈을 마주한 규환은 대체 왜 자신이 미움받아야 하는지 몰라 어리둥절해졌다. 하지만 여진을 어르고 달래고 이야기할 여력이 규환에겐 남아 있지 않았다. 규환은 정말로 지금 병원에 안 가도 괜찮은 거냐며 두어 번 더 묻고 나서야 다시 침대 위에 누웠다. 눈을 감아도 도통 잠에 빠지기가 힘들었다. 난생처음 본 아내의 모습이 소름 끼치기까지 했다. 출근하고 나서는 자식 둘을 둔 부장에게 조언을 구했다. 부장은 갑작스럽게 주변 환경이 바뀌고 몸이 변화하면서 아내의 우울증이 심해진 모양이라며 '자존감 업그레이드'라는 제목의 책을 추천해 주었다.

규환은 부장이 추천해 준 책을 검색해 보면서 사람들이 삶의 고민에 대한 처방으로 자존감이라는 말을 너무 쉽게 내뱉고 있다는 생각을 했다. 자존감이라는 게 대체 뭔가. 규환은 자기 긍정을 한다고 상황이 바뀌는 것도 아닌데 밑도 끝도 없이 자신을 위로하려는 듯한 느낌을 내포한 그 표현이 마음에 들지 않았다. 본인이 악바리 같은 삶을 살아왔기 때문에 더더욱 그랬다. 규환은 인간이 자신을 사랑하려면 사랑할 만한 구석이 생길 때까지 노력해야 한다고 생각했다. 있는 그대로의 자신을 사랑하는 데 만족하는 것은 일종의 정신 승리가 아닌가. 노력하지 않고 무가치한 인생을 살면서 자존감이라는 종교를 맹신해 책이며 강의에 돈을 지불하고, 값을 치렀으면서도 자존감이 무엇인지 몰라서 그저 그런 게 있다고, 나만 갖지 못했다고 끊임없이 남을 부러워하며 삽질하는 인간들. 규환은 그런 유형의 인간들을 싫어했고, 자신의 아내가 그런 무리에 속한 사람으로 치부되는 것도 싫었다.

자존감 신봉자들을 비웃으면서도 규환은 부장이 추천한 책을 주문했다. 자기 계발서에는 구매하는 것만으로도 마음 한편의 짐을 내려놓게 만드는 기묘한 힘이 있었다. 돈을 낸 만큼 값을 할 것이라는 막연한 믿음에서 비롯된 덧없는 소비. 규환은 그런 소비를 하는 자신이 우스웠다. 차라리 앞서 생각한 대로 여진에게 일거리를 안겨 주거나 상담을 받게 하거나 약을 먹게 하는 것이 가장 좋은 방법일 터였다.

하지만 그 방법들을 쓰려면 규환의 에너지를 소비해야 했고 규환은 어제 본 여진의 모습에 정신이 좀 지쳐 있었던지라 그저 책 한 권 사는 것으로 여진의 불안감을 퉁쳐 놓고 싶었다. 여진을 더 이상 사랑하지 않게 된 것은 아니었다. 그저 어젯밤 이후로… 욕 한 번 뱉어 본 적 없을 것만 같았던 그 작은 입에서 연달아 나온 욕설을 들은 이후로 아주 조금 힘들어졌을 뿐이었다.

"그냥 흔한 일이래."
"다행이네."

한시름 던 듯한 규환의 목소리를 들으며 여진은 생각했다. 남들도 다 겪는 일이라는 말은 정말로 위안일까. 잠깐은, 아주 잠깐은 그 말에 동병상련이 느껴져 반가웠지만, 이런 고통의 시간이 나 혼자만의 것이 아니라는 사실에 덜 외로웠지만, 여진은 이내 그 말만큼 철저히 '나'라는 존재가 배제된 표현이 있을까 싶어졌다. 자신만 모자라고 유별나고 예민한 사람이 된 것 같다는 생각이 여진의 머릿속을 가득 메웠다. 여진은 부정적인 사고에서 벗어나기 위해 의식적으로 고개를 좌우로 휘휘 저으며 화제를 돌렸다.

"어제 말한 아파트 단톡방 얘기 기억나?"
"응."
"강퇴당한 사람이 그러는데, 엄청난 비밀을 입대위에서 쉬쉬하고 있대."

여진의 말에 규환은 순간 욱하고 짜증이 났다. 하루빨리 이상한 문제로부터 시선을 뺏어야겠다는 생각이 더 커졌다.

"지금은 몸 상태가 안 좋잖아. 그런 거 신경 쓰지 마."
"하지만"
"우리 별님이랑 함께 행복해질 생각만 하자. 아파트 관련된 일에 대해서는 내가 따로 알아볼게. 난 그냥 여진이 네가 안 좋은 일에 신경 쓰지 말고 푹 쉬었으면 좋겠어."
"하지만"
"응?"
"응."

여진이 답했다. 대답을 하지 않으면 규환의 설득이 끝나지 않을 것 같았다. 어느 순간부터 규환과의 대화는 정해져 있는 답을 맞히는 것에 가까운 형태가 되어 갔다. 설득도 대화도 아닌 무언가. 그 행위는 게임과 비슷했다. 답을 맞히면 패배하는 게임이었다. 규환은 만족스럽게 전화를 끊었다. 여진은 최진호에게 전화를 걸었다.

"여, 여, 여깁니다."

오후 2시, 집 앞 카페 'rest in coppee'에서 여진은 최진호를 만났다. 사람들의 시선과 발걸음이 가장 적게 오가는 카페 안쪽의 비밀스러운 공간에 자리를 잡고 앉은 최진호는 엘레강스하게 꾸며진 카페 분위기와 영 어울리지 않는 인상의 사람이었다. 덩치는 커다랬고 뿔테 안경이 얼굴에 꽉 끼었으며 대체 어디서 무얼 하다 왔는지 셔츠와 카고 바지 곳곳에 흙 따위의 이물질이 묻어 있었다. 여진은 최진호의 모습에서 땅을 파던 여자가 풍기던 이질감을 느꼈다.

"안녕하세요."
"커, 커피는 뭘로 하, 하, 하, 하, 하시겠어요?"
"임신 중이어서, 루이보스 티를 시키려고요."
"제, 제가, 사, 사겠습니다, 앉아, 계, 계, 계세요."

여진은 메신저 대화방과 카페에서 너무나 멀끔한 글을 쓰던 최진호가 이토록 불안한 듯 눈을 굴리며 말을 더듬는 사람이라는 사실에 놀라움이 가시질 않았다. 테이블에는 다 마시고 비운 듯한 커피 잔이 두 개 놓여 있었다. 최진호는 주문한 음료를 받아 오느라 한참 뒤에 자리로 돌아왔다. 여진은 감사를 표하며 트레이에 있던 찻잔을 들었고, 최진호는 아메리카노 두 잔 중 한 잔을 한 번에 삼켰다. 무슨 금단증상이라도 겪고 있는지 손을 바들바들 떨면서 커피를 삼켜 대는 모습을 보니 여진은 점점 마음이 불편해졌다.

"저, 저, 저는 어, 엄밀히 말하자, 자, 자면, 생태학잡니, 니다. 물론 벌레를 주로 연구 하, 하, 하죠."

"예에…."

"여, 여, 여기, 버, 버, 벌레는 정말 특이해요."

최진호는 속삭이듯 목소리를 낮게 깔며 말했다. 여진이 더 말해 보라는 듯 고개를 끄덕이자 최진호는 눈알을 이리저리 굴리며 눈치를 살피더니 검은 백팩에서 태블릿 PC를 꺼냈다. 테이블 위에는 최진호가 마신 커피 잔이 벌써 네 잔 놓여 있어서 자리가 없었다. 최진호는 부산스럽게 잔들을 바닥에 내려놓은 뒤 태블릿 PC를 켜서 그 신종 벌레의 사진들을 보여 주었다. 이미지들은 '최초 발견 장소', '벌레의 흔적' 등의 테마로 정리되어 있었는데, 꽤나 오래전부터 추적해 온 듯 10여 년 전에 촬영한 사진도 있었다. 여진은 고개를 푹 숙인 채 멍하니 사진들을 넘겨 보다가 갑자기 등장한 개의 시체 사진에 화들짝 상체를 뒤로 뺐다.

"죄, 죄, 죄송합니다."
"이런 사진이 많나요?"
"자, 자, 자세히 봐 주세, 세요. 그, 그 사진이 중요해, 해서요."

최진호는 여진이 눈을 돌렸던 개의 시체 사진에 검지와 엄지를 들이밀고 주욱 주욱 확대했다. 죽은 개의 뱃가죽은 깨진 달걀 껍데기에 생기는 균열과 비슷한 형태로 갈라져 있었는데, 개의 배는 임신한 듯 아주 불룩했고, 균열 속에서 시꺼멓게 썩어 가는 살점과 피 사이로 아주 희미하게 빛나는 푸른 점들이 보였다. 여진은 그 푸른 점들이 자신이 본 벌레라는 것을 직감했다. 여진이 확신에 찬 눈으로 다시 최진호의 얼굴을 바라보자 최진호는 그럴 줄 알았다는 듯 고개를 끄덕이고는 다시금 새까만 아메리카노를 벌벌 떨리는 손으로 마셨다.

"여, 여, 역시, 내 말이 맞아, 아, 았어."
"이게 무슨 상황이에요?"
"뼈, 뼈, 뼈를 먹어요."
"뼈요?"

최진호의 말에 따르면 신종 벌레는 산(acid)으로 딱딱한 뼈를 녹여 섭취하는 방식으로 영양분을 얻는다고 한다. 이 벌레의 입은 문어처럼 다리들의 중심에 있는데, 뱃가죽이 열리듯 입이 벌어지면 그 안쪽에서 촉수 같은 부드럽고 기다란 이빨들이 나와 산을 뿜어내 뼈를 찢어발기고 전부 흡수해서 에너지원으로 삼는다는 것이다. 뼈의 바깥에 존재하는 것들은 이들에게 있어서 먹이를 구하러 가는 길을 방해하는 장애물일 뿐이기에, 이들은 살과 근육에 구멍을 내면서 뼈를 향해 전진한다. 따라서 이 벌레가 먹이로 삼은 동물들은, 살에는 스펀지처럼 작은 구멍이 무수히 뚫리고, 뼈가 있어야 할 공간은 텅 빈 모습이 되어 버린다고 한다. 여진은 최진호가 보여 준 다음 사진을 보자마자 자신도 모르게 고개를 홱 돌렸다. 아까 본 개의 시체가 반으로 잘려 있었다. 개의 온몸에는 구멍이 빼곡하게 나 있어 마치 거품, 아니 붉은 그물망 같았다. 남은 뼈는 하나도 없었다.

"죄, 죄, 죄송합니다."
"이게 대체 뭐예요. 벌레가 맞아요?"
"신종이라 이, 이, 이름이 없는데, 펴, 펴, 편의상, 저, 저희는 ***라, 라고 부릅니다."
"뭐라구요?"
"***."
"다, 다시 말해 주시겠어요?"
"***."

여진은 자신의 두 귀를 의심했다. 몇 번을 다시 들어 봐도 여진은 ***라는 발음을 도무지 따라 할 수가 없었다. 그 발음은 난생처음 들어 보는 것이었으며, 그저 외국어라고 치부하기에는 인간이 지니지 않은 발성기관으로 발음하는 소리 같았다. 여진은 최진호가 그 벌레에 대해 설명할 때마다, 그가 단 한 번도 더듬지 않고 완벽하게 발음하는 ***라는 이름을 들을 때마다 온몸에 소름이 돋았다. 여진은 최진호의 발음을 흉내 낼 수가 없어 그 벌레, 그 신종 벌레 따위의 표현을 써야 했다. 최진호는 그 벌레가 굉장히 위험하다고 중얼거렸다. 구멍을 통해 체내에 잠입하여 뼈를 갉아 먹기 때문이었다.

"사, 사, 사람의 몸엔 구멍이, 많, 많잖아요."

"예에…."

"구, 구멍이 많으니까 벌레가 들어갈 길, 길도 많, 많, 많은 거죠. 이, 임신하, 하, 하, 하, 하핫셨죠? 그, 그래서 저, 저를 만나 줄 거라, 생, 생각했어요. 구, 구멍으로, 모, 몸, 몸속 깊은 곳까지 ***가 들어가서 뼈, 뼈가 없는 아이가 태어나, 나면, 어, 어찌 하, 하, 하, 하, 하, 하핫, 하겠어요?"

"제 몸에 그게 들어올 수 있다구요?"

"네, 네, 여, 여, 여진 씨의 구, 구멍으로요, 여, 여, 여진 씨는 구, 구멍이 많으시, 시잖아, 아요."

"그… 표현 불편하네요."

"죄, 죄, 죄, 죄송합니다."

최진호는 고개를 꾸벅 숙이더니 커피를 삼켰다. 여진은 최진호의 이야기를 듣는 사이 점점 기분이 나빠졌다. 어쩐지 희롱당하는 느낌도 들었다. 그도 그럴 것이 벌레에 대해 설명하는 최진호의 입꼬리가 처음 만났을 때에 비해 올라가 있었다. 물론 여진은 최진호가 자신을 농락하고 있어서가 아니라, 자신이 발견한 그 벌레에 대한 순수한 관심 때문에 흥분하고 있다는 것을 어렴풋이 눈치챘다. 하지만 인간의 의도를 바깥에서 얼마나 정확하게 짐작할 수 있을까. 분명한 것은 여진의 불쾌감이 점점 커져 간다는 사실뿐이었다.

"하, 하, 하, 하, 하지만 구, 구, 구멍을 달리, 뭐라 하죠? 귓, 귓구멍, 콧구멍, 눈구멍, 입 구멍, 하, 하, 항문, 그, 그리고 질, 질,"
"그만하세요!"

여진은 목청껏 외쳤다. 다행히도, 이 카페에 두 사람의 대화에 집중하는 사람은 없었다.

"아, 아이를 지, 지키셔야죠."

아이. 그 말에 여진은 당장에라도 일어서고 싶은 마음을 꾹꾹 눌렀다. 최진호는 이 벌레의 두려운 지점이 아직 유충밖에 확인되지 않았다는 점이라고 했다. 어떤 발육 과정을 거쳐 변태할 것인지 그 이후엔 대체 어떤 형체가 될 것인지 베일에 싸인 존재. 최진호는 기묘한 웃음을 띠며 어떤 변태일지 궁금하지 않느냐고 물었고 여진은 몸서리치며 이 벌레를 퇴치할 방법에 대해 아느냐고 물었다. 최진호는 웃음을 거두더니 '아직' 유충이라면 없앨 방법이 있다고 답했다. 여진이 경계심과 호기심이 동시에 어린 얼굴로 최진호를 빤히 응시하자 그는 자신의 가방에서 성인 남자 검지만 한 크기의 유리병을 꺼냈다.

"여, 여, 염산이에요."
"여, 염산요?"

어느새 여진도 말을 더듬고 있었다. 최진호는 ***를 죽일 수 있는 물질은 오직 순수한 염산뿐이며 자신은 ***를 박멸하기 위해 언제나 염산을 가지고 다닌다고 설명했다. 벌레의 배 속에 든 물질이 그 벌레를 죽일 수 있는 유일한 물질이라니 흥미롭지 않으냐며 최진호는 웃었다. 여진은 이 자리에 나온 것이 후회스러워졌다. 발음할 수 없는 이름을 가진 그 벌레가 실존한다는 최진호의 말을 믿기보다는 메신저 단체 방의 카페지기나 규환처럼 그의 말을 모른 척하며 미친 사람의 헛소리라고 넘겨짚고 싶었다.

"이걸로 벌레를 죽일 수 있다는 걸 어떻게 확신하죠?"

여진이 따지듯 물었다.

"***가 제 구, 구, 구멍에 들어오, 오, 오, 려고 했었어요. 나는 시, 실험실에 있었고 운이 좋, 좋,

좋았죠. 끄, 끄, 끔찍했어요. 이걸 사용할, 하, 할 수, 밖에 없, 없었죠. 그러자 그게, 빛을 잃고 녹, 녹았어요. 제, 제 껏도."

여진이 믿기지 않는다는 듯 고개를 저었다. 최진호는 자리에서 벌떡 일어섰다. 앉아 있는 여진의 시선이 자연스레 최진호의 사타구니에 닿았다. 최진호가 제 바지 지퍼로 손을 옮기더니 단숨에 주욱, 지퍼를 내렸다. 벌어진 구멍 사이로 무언가를 꺼내려는 손놀림을 보면서 여진은 더 이상 참지 못하고 벌떡 일어섰다. 여진이 갑작스럽게 일어난 탓에 탁자 위에 놓여 있던, 염산이 담긴 병이 굴러떨어졌고, 최진호가 급하게 그 병을 잡았다.

"마, 만지고 싶었죠?"
"뭐, 뭘 말하는 거예요?"
"***."
"만진 적 없어요."
"***는 마, 만지지, 아, 않은 사람에게, 아, 안 들려요."
"뭐가요?"
"***."
"…."
"듣, 듣고 있죠? 호, 혹시 임신 중에도 부부 과, 관계를 하, 하, 하셨나요?"

여진은 도망쳐야겠다고 생각했다. 걸음을 다급

히 옮기려던 여진은 최진호가 바닥에 내려 두었던 커피 잔들을 발로 찼다. 일순간 카페 안의 이목이 한꺼번에 집중될 정도로 쨍그랑 소리가 크게 울려 퍼졌다. 그 난리 법석 속에서도 여진의 시선은 최진호의 사타구니에 닿아 있었고 그, 벌어진 바지춤 사이에서 여진은 무언가를 봤다. 하지만 잊어버렸다. 한순간의 충격으로 무언가를 곧바로 잊어버릴 수도 있었다. 여진은 곧장 카페를 빠져나왔다. 뒤에서 최진호의 목소리가 똑똑히 들려왔다.

***

그 소리는 짐승의 포효, 괴물의 괴성처럼 끔찍했다. 그저 듣기만 했는데도 고막이 찢어지는 것만 같았다. 여진은 운동을 삼가라는 의사의 충고를 들었음에도 불구하고 아파트 정문을 향해 또 한 번 숨이 막힐 정도로 달렸다. 정문에 막 다다른 순간 귀청을 찌르는 사이렌 소리를 울리며 응급차가 여진의 앞을 스쳐 지나갔다. 여진의 얼굴에서 어느새 땀이 흐르고 있었다. 강렬한 햇볕을 가르며 여진이 다급한 발걸음을 옮겼다. 아파트 앞에 경찰차 여러 대와 구급차가 정차해 있었다. 여진은 사이렌의 붉은빛을 받으며 부르르 떨었다. 차오르는 숨을 거듭 삼킨 뒤에야 그 떨림이 자신의 허벅지에서 느껴진다는 것을, 핸드폰이 울리고 있다는 것을 깨달았다. 메신저 단체 방 알람이었다.

[매수예정자: ? 집 보러 왔는데 구급차 뭐죠…? 괜히 걱정되네요.]
[금파트희망자: 방역 작업이랑은… 관련… 없는 내용이죠…]
[매수예정자: 누가 뭐라고 했나요? 방역에 민감하신 거 알겠는데, 누구 죽은 거 아니냐는 거죠.]
[금파트희망자: 구급차… 뭐… 큰일이라고들…]
[생각하는 라이언: 찔리신 듯]
[금파트희망자: 링크]
[금파트희망자: 스타필드… 확정입니다… 이런 호재가…]
[지우 엄마: 고무적이네요^^]
[떡상가즈아: 호재네요. 좋은 정보 감사합니다.]
[금파트희망자: 찔린다고 하신 분… 할 말 있으면… 얼굴 보고… 하시죠…]
[카페지기: 스타필드 호재 말고도, 터미널, 지하철 개통까지. 입지가 최고이니 기대를 가져 볼 만하다고 생각합니다. 좋은 소식 공유 감사합니다.]
[행복하세요: 분당 느낌 나겠어요ㅎㅎ]
[99님이 입장하셨습니다.]
[생각하는 라이언: 뭐야?]
[금파트희망자: 104동 1203호… 찾아와라… 긴 말 안 한다…]

여진은 다른 채팅방에 들어갔다.

[105동 정하늘: 우리 아파트 인기가 많나 봐요. 구급차 하나 왔다고 이 난리…ㅠ;;]

[101동 박호영: 무슨 일인지 아는 분 계세요? 경찰차까지 있으니 무섭네요.]

[카페지기: 확인 중입니다.]

[103동 이민영: 그 여자 때문 아니에요? 미친 여자 돌아다녔잖아요.]

[105동 정하늘: 미친 여자요…?]

[채팅방 관리자가 메시지를 가렸습니다.]

[채팅방 관리자가 메시지를 가렸습니다.]

[채팅방 관리자가 메시지를 가렸습니다.]

[채팅방 관리자가 메시지를 가렸습니다.]

[카페지기: 집값 지키셔야죠.]

여진은 순식간에 삭제되는 메시지들을 보며, 자신이 목격한 땅 파던 여자를 떠올렸다. 무슨 일이 이곳에서 벌어지고 있다는 강렬한 확신이 들었다. 여진은 무엇에 홀리기라도 한 듯이 여자를 만났던 아파트 뒤편을 향해 걸어갔다. 욕지거리를 내지르며 여자가 땅을 파던 곳에 가까이 다가갈수록 숨이 더욱더 막혔다. 불안의 중심을 향해 내달리는 느낌이 들었다.

아파트 후문 입구 쪽으로 다가가자 웅성거리는 사람들과 경찰이며 구급대원들의 모습이 보였다. 경찰은 사람들의 접근을 막고 있었고, 여진은 사람들 사이를 비집으며 안쪽으로 다가가려고 애썼다. 여진이 인파의 틈바구니에서 목격한 것은 다름 아닌 노인의 머리통이었다. 바람 빠진 풍선처럼 한쪽이 무너져 내린 머리통의 목 아래는 깔끔하게 절단되어 있었다.

여진의 모든 세포가 숨을 멈춘 듯 경직되었다. 눈꺼풀조차 움직이지 않았다. 노인의 주름진 얼굴, 그 가운데 자리한 창백한 코끝에서 푸르게 빛나는 무언가가 나왔다가 이내 공기 중으로 사라졌다. 벌레다. 여진의 두 다리에 힘이 풀렸다. 귓속에서 쇠가 부딪치는 것 같은 이명이 들려왔다. 흐무러진 뇌 속에 누군가 젓가락을 넣어 음료를 섞듯 휘휘 저어 대는 듯했다. 누군가가 주저앉은 여진에게 다가와 무어라 말을 걸었지만, 여진은 그 사람의 말소리를 알아들을 수도 이해할 수도 없었다.

벌레가 들어온 거야. 여진은 자신의 배를 움켜쥐었다. 일순 자궁이 뒤집어져 질 입구로 빠져나올 것 같은 끔찍한 고통이 느껴졌다. 아이가 아니라 벌레가 들어선 거야. 사람들이 하나둘 여진에게 다가오고 있다는 것이 느껴졌다. 배 속에 있는 '무언가'가 여진의 내장을 날카로운 이빨로 씹어 삼켜 소화시키는 것만 같았다. 여진의 머릿속이 거품처럼 부글부글 끓었다. 시야가 희미해져서 사람들의 모습이 흐릿하고 검은 형체로 보였다. 여진은 자신의 배를 주먹으로 내리쳤다. 꿀렁이는 무언가가 배 속에서 발버둥 쳤다. 별이 아니라 벌레였다. 푸르게 빛나는 벌레가 여진의 몸 안 깊숙이 들어와 태아의 뼈를 갉아 먹고 온 살점에 구멍을 내고 알을 까서 동그란 알집들을 만들어 냈을 거라는 두려움이 여진의 머릿속에서 요동쳤다. 벌레. 벌레. 벌레. 사람들이 여진의 팔다리를 우악스럽게 잡으며 말렸다. 여진의 다리 사이로 새빨간 피가 쏟아졌다. 여진은 자신의 질 입구로 어떤 덩어리가 빠져나갔다는 느낌을 받았다. 여진은 입고 있던 추리닝 바지 안으로 손을 집어넣었다. 축축하고 끈적한 액체 사이로 무언가가 여진의 안에서 나오려고 하는 것 같았다. 여진은 질 입구에 손을 집어넣어 손끝에 만져지는 무언가를 움켜잡고 꺼냈다. 두 눈으로 직접 확인하고 싶었다. 주먹 쥔 손을 눈앞에서 펼치자 희미한 시야에 새빨간 덩어리가 들어왔다. 여진은 그대로 정신을 잃었다.

[카페지기: 오늘 저희 아파트에서 안타까운 일이 있었습니다. 유가족분들의 동의하에 일부 내용을 밝힙니다. 오늘 오후 4시경 80대 어르신께서 심장마비로 작고하셨습니다. 평소에 심장 질환을 앓고 계셨다고 합니다. 삼가 고인의 명복을 빌어 주시길 바라며, 아파트와 관련된 악성 루머를 퍼트리는 분은 별도의 고지 없이 채팅방 퇴출

혹은 카페 강퇴를 진행하도록 하겠습니다.]

아무것도 믿을 수가 없다. 눈을 뜨자마자 여진은 생각했다. 정신을 차렸을 때 여진은 구급차 들것에서 내려져 응급실 안으로 옮겨지고 있었다. 간호사가 먼저 여진의 상태를 확인하며 간단한 질문을 했다. 여진은 자신이 임신 중이며 새빨간 덩어리가 나왔다고 말했다. 그리고 벌레가 있다는 말도 덧붙였다. 벌레를 빼내야 한다고. 간호사는 침착한 얼굴로 알겠다고 말한 뒤 바로 피검사와 초음파 검사에 들어간다고 알려 주었다.

응급 환자로 이송됐기 때문인지 피검사 결과가 나오기까지는 40분 정도밖에 걸리지 않았다. 검사 결과는 정상이었다. 여진은 휠체어에 실린 채 초음파실로 옮겨졌다. 의사가 들어와 검사를 진행하면서 여진이 말한 덩어리는 혈종이며, 소견상 체내에 남아 있는 혈종은 없다고, 아마도 전부 빠져나간 것으로 보인다고 했다.

"벌레는요?"
"네?"
"벌레는 없어요?"

여진은 의사의 말을 믿을 수 없다는 듯 최대한 고개를 쭉 뻗어 초음파 화면을 바라보았다. 여진의 배 속에 든 태아는 이제 흑백 초음파 화면으로 보기에도 제법 인간의 형태를 띠고 있었다. 머리통과 움직이는 팔다리가 보였다. 의사는 아주 조심스럽게 혹시 정신과 상담을 받고 있는지를 물었다. 여진은 대답하지 않았다. 초음파 화면 속에 아주아주 새까맣고 작은 점이, 아이의 얼굴에 난 작은 구멍이 비쳤기 때문이었다. 여진은 몸을 일으켜서 손가락으로 초음파 화면을 가리켰다. 의사는 누워 있어야 한다며 여진을 말렸다. 여진은 이게 보이지 않느냐고 물었다. 의사는 뭐가 보이냐며 멍청하게 되물었다. 여진은 벌레 구멍이 있다고, 이건 더 이상 나의 아이가 아니라고 말했다. 의사는 여진의 설명을 듣지 않았다. 자세한 검사 결과를 전문의가 확인해 줄 때까지 한두 시간 정도 기다려 달라는 말을 덧붙였을 뿐이었다. 여진은 의사의 태도를 이해할 수가 없었다. 자신이 하는 말을 아무도 들어 주지 않는 것만 같았다. 의사는 간호사를 불렀다. 간호사가 들어와 여진의 옷을 추슬러 주었고 다시 휠체어에 태워 주었다. 여진은 자신이 이토록 느끼고 있는데 감각하고 있는데 심지어 눈에 보이기까지 하는데 왜 이것을 없는 것이라고, 아무것도 아닌 것이라고 말하냐고, 나를 그저 미친 사람 취급하냐고 소리쳤다. 후. 의사의 한숨이 공기 중으로 퍼져 나갔다. 여진은 의사의 멱살이라도 붙잡으며 하나하나 따져 묻고 싶었지만, 또다시 온몸에 힘이 쭉 빠져나가는 느낌이 들었다. 의식이 다시금 멀어지고 있었다. 정신을 차리고 물어봐야 해. 진실을 알아야 해. 덧없이 되뇌기를 반복하다 여진은 의식을 잃었다.

눈을 떴을 때 여진은 수액을 맞고 있었다. 응급실의 하얀 천장을 바라보니 또다시 눈물이 쏟아졌다. 울고 있는 여진에게 간호사가 찾아와 검사 결과가 모두 다 정상이라고 말해 주었다. 이제 집으로 돌아가도 된다는 말이었다. 여진은 이대로 갈 수 없다고 말했다. 벌레를 제발 빼 달라고. 자기 안에 벌레가 있다고. 여진은 절박하게 울었다. 자기 말을 제발 들어 달라고. 간절히 제 손을 움켜잡는 여진을 바라보던 간호사는 보호자가 있느냐고 물어보았다. 여진은 자신의 핸드폰을 간호사에게 건네주었다. 규환은 전화를 받지 않았다.

규환이 여진이 있는 응급실에 도착한 시각은 12시 무렵이었다. 사실 오늘은 규환이 밤샘 작업을 해야만 하는 날이었다. 까다로운 클라이언트는 쓴 돈의 액수만큼 인간들을 쥐락펴락하고 싶었던 건지 하등 쓸모없는 수정을 요구해 왔고, 수정할수록 점점 미적인 면에서 퇴보하는 디자인을 보다 못한 규환은 이대로 진행할 수는 없겠다고 못을 박았다. 그 여파로 해당 프로젝트 기획 아이디어를 처음부터 짜야 하는 상황에 놓였고, 마감 기한이 얼마 남지 않은 시점이라 프로젝트 팀 전체에 완전 비상이 걸렸다. 상황이 이런데 규환이 자리를 비우는 것은 팀원들에게 폭탄을 넘기고 저 혼자 도망치는 것과 다를 바가 없었다. 규환은 동료들에게 양해를 구하면서도, 어쩔 수 없다고 생각하면서도, 사적인 일 때문에 공적인 일에 차질을 빚게 되어 마음이 불편했다. 어째서 이토록 기막히게 탓할 수 없는 상황을 이용해 자신을 방해하는 것인지. 규환의 마음은 여진을 향한 미움으로 북받쳤다. 하지만 응급실 침대에 링거를 맞으며 누워 있는 파리한 모습의 여진을 보자마자 규환은 자신의 심장이 쿵, 하고 땅바닥에 곤두박질치는 듯한 느낌을 받았다.

여진의 아랫도리는 새빨갛게 물들어 있었고, 여진의 오른손에도 피가 덕지덕지 묻어 있었다. 일도 아내도 지켜 내지 못하고 있다는 생각에 규환은 스스로에게 실망했다. 규환은 곧바로 여진에게 달려가 몸 상태를 물었고, 여진은 대답 없이 그저 울기만 했다. 규환은 의사를 찾았다. 무엇이 그리 바쁜지 자리를 비운 의사를 만나기까지는 10여 분이 걸렸다.

"산후정신증 증세가 있으신데, 혹시 정신과 진료를 받으신 적이 있으실까요?"

조심스럽게 의사가 말했다. 생각지도 못한 물음에 규환은 머릿속이 고장 난 기분이 들었다.

"아직 출산을 안 했는데 왜 산후정신증이죠?"

"이름이 그런 거고요, 출산 전후로 나타납니다. 갑자기 울음을 터트리거나, 주변을 의심하거나, 비이성적인 사고를 하게 되는 전구증상이 발생하는데, 해당되는 사항이 있으십니까?"

규환은 자기 자신에게 화가 났다. 자존감 책 따위나 사고, 일거리나 줄 생각을 하고 있었다니. 남들보다 예민한 여진의 특성을 고려해서 정신증적인 부분을 먼저 염려했어야 했다. 규환은 의사가 말한 모든 증상들을 여진이 겪었다는 것을 이제야 깨달았다.

"이제 어떻게 해야 되죠?"

"정신과에서 정확한 검사를 받아 보시는 게 좋을 것 같습니다."

"그전에는요? 지금은 뭘 해야 할까요?"

"퇴원하시면 됩니다."

규환은 분주히 병원 수납을 마치고, 병원 내 편의점에서 속옷과 수건 두 장을 샀다. 수건 하나는 편의점에서 받아 온 따뜻한 물로 적셔 두었다. 규환은 침대에 누워 있는 여진을 부축해 일으키고는 새 속옷과 따뜻한 물수건을 건네고 화장실에 들여보냈다. 혹시나 힘이 없으면 자신과 함께 장애인 화장실에 들어가자고, 거기서 챙겨 주겠다고 했지만, 여진은 말없이 혼자 화장실로 들어갔다가 나왔다. 피로 물든 속옷을 버리고서, 규환은 여진을 차로 데려갔고, 조수석 시트 위에 마른 수건을 올려놓은 다음 그 위에 여진을 앉혔다. 흙과 나뭇잎이 붙어서 엉킨 여진의 머리카락을 손으로 빗어 내리며 쓰다듬던 규환은 문득 이 모든 것이 너무 벅차다는 생각이 들었다. 사랑이란 대체 무엇일까.

"잠깐만 쉬고 있어."

여진은 대답하지 않았다. 규환은 밖으로 나와 편의점에서 담배를 샀다. 여진을 만나고부터 1년 동안 끊었던 담배였다. 담뱃갑의 비닐을 뜯고 한 개비를 입에 물었지만 불까지 붙일 수는 없었다.

아. 규환은 그대로 새까만 아스팔트에 주저앉았다. 나는 이 상황을 감당할 수 있을까. 규환은 쉴 새 없이 알람이 울리는 핸드폰을 확인했다. 팀장인 규환에게 CD가 새 기획안을 보내 왔다. 그래픽 디자인 시안을 언제까지 보내 줄 수 있냐는 물음에 규환은 차마 답장하지 못했다. 핸드폰을 내던지든가, 주차된 차를 버리고 가든가. 규환은 진심으로 어디론가 도망치고 싶었다. 후. 규환의 잇새로 한숨이 새어 나왔다. 여름밤인데도 쌀쌀한 공기가 규환을 스치고 지나갔다.

시간이 부족했다. 나라는 인간을 어디까지 내어주며 살 수 있을까. 규환은 질문을 고쳤다. 감내할 수 있을까 물을 것이 아니라 해야만 했다. 왜라는 의문을 붙일수록 존재는 끝없이 추락했다. 그렇다고 왜냐고 묻지 않으면 무감각해지게 될 것이었다. 인간은 자극에 익숙해지기 마련이라는 말을 규환은 그저 믿었다. 믿는 것이야말로 규환이 할 수 있는 최대한의 노력이자 대처였다. 규환은 왜 인간이 신을 만들었는지 알 것 같다는 생각이 들었다. 알 수 없는 대상을 믿는 것이야말로 인간이 삶을 유지할 수 있는 유일한 방법 같았다. 또 한 번 핸드폰 알람이 울렸다. 이번에는 여진을 위해 가입해 둔 아파트 단체 메신저 방 알람이었다. 규환은 마지막으로 확인한 메시지 이후 새로 올라온 대화 내용을 확인했다.

[99님이 입장하셨습니다.]

[생각하는 라이언: 뭐야?]

[금파트희망자: 104동 1203호…. 찾아와라…. 긴말 안 한다….]

[카페지기: 오늘 저희 아파트에서 안타까운 소식이 있었습니다. 유가족분들의 동의하에 일부 내용을 밝힙니다. 오늘 오후 4시경 80대 어르신께서 심장마비로 작고하셨습니다. 평소에 심장질환을 앓고 계셨다고 합니다. 삼가 고인의 명복을 빌어 주시길 바라며, 아파트 관련된 루머를 퍼트리는 분은 별도의 고지 없이 채팅방 퇴출 혹은 카페 강퇴를 진행하도록 하겠습니다.]

[생각하는 라이언: 거짓말. 사람 죽은 거 다 봤음. 삭제 그만하세요.]
[떡상 가즈아: 방장님 경고 못 보심?]
[생각하는 라이언: 링크]
[생각하는 라이언: 손바닥으로 하늘을 가리지. 방장 자는 듯. 깨신 분들 다들 보세요.]
[102동 뉴비: 정말 말이 안 통하시네요.]
[매수예정자 님이 채팅방을 나가셨습니다.]

규환은 익명의 사용자가 보낸 링크를 클릭해 보았다. 뉴스 기사였다. 신축 아파트에서 일어난 살인 사건과 관련된 내용이었다. 피해자는 80대 남성으로, 온몸이 토막 난 나체 상태로 아파트 뒤뜰에 묻혀 있었다고 했다. 가해자는 20대 여성이었는데, 몇 달 전부터 아파트 주변을 배회하며 땅을 파는 모습이 자주 목격되었고 신고가 두어 차례 이루어졌다고 했다. 경찰은 그 여성을 긴급체포했으며 자세한 살해 경위는 파악 중이라는 내용으로 기사가 마무리되었다.

규환은 여진이 말했던 미친 여자가 기사 속의 그 여자라는 것을 직감했다. 여진이 지금 정신적인 혼란을 겪는 것은 모두 이 여자 때문이었다. 아파트값이 내려가게 된다면 그 또한 이 여자 때문이었다. 담뱃갑을 쥔 손에 힘이 꾹 들어갔다. 5억 5천만

원. 동원할 수 있는 것을 최대한 끌어와서 낸 빚이었다. 숨만 쉬어도 갚아야 할 이자가 끔찍하게 많았다. 나의 가정, 나의 아내, 나의 생, 그 모두를 담보로 한 빚이었다. 견딜 수 있을 거라 자신해서 낸 빚이 아니었다. 견뎌야만 나의 것이 되기 때문에 가지기로 마음먹은 것이었다. 규환은 인생에서 실패하고 싶지 않았다. 어떤 건에든 해당하는 이야기였다. 자신이 선택한 여자, 자신이 선택한 결혼, 자신이 선택한 사랑에도. 규환은 어쩌면 자신에게 있어 사랑은 그저 실패하지 않기 위한 발버둥에 가까울지도 모른다는 생각이 들었다. 첫 결혼, 첫 아이, 첫 신혼이 끔찍함으로 물들지 않기를 바라는 그 마음 하나로 견디는 것일지도 모른다고. 규환은 입에 물고 있던 담배를 떨어뜨렸다. 그리고 담뱃갑도 라이터도 모두 쓰레기통에 던져 버리고는 차 안으로 돌아왔다.

여진은 울고 있었다.

규환은 울고 싶었다. 대신에 차를 움직였다. 검은 어둠 속을 향해 차가 나아갔다. 여진은 소리 없이 눈물을 흘리고 있었다. 규환은 힐끔힐끔 여진을 바라보다가 이내 입을 열었다.

“그만 울어. 힘들잖아.”
“벌레가 있어.”

여진의 대답에 규환은 온몸에서 힘이 빠져나가는 것 같았다.

"이제 없어."
"벌레가 내 안에 있어."
"후. 여진아."
"내 구멍으로 들어왔어. 아기의 뼈를 집어삼킨 다음에는 내 뼈를 녹여 먹을 거야."
"대체 무슨 소릴 하는 거야."
"늦기 전에 염산을 부어야 해. 자궁을 들어내야 한다고. 벌레 때문에 사람이 죽었다고."
"제발 그만 좀 해!"

규환의 목소리가 차 안을 쩌렁쩌렁하게 울렸다. 여진의 얼굴을 마주할 용기가 나지 않아 규환은 줄곧 전방을 주시했다. 규환이 쏟아 내고 싶어 하는 말들이 목구멍을 비집고 울컥거리며 올라왔다. 겨우 다 삼켜 내려던 그때 여진의 흐느끼는 울음소리가 들려왔고 규환은 결국 참아 왔던 말들을 토해 냈다. 여진이 목격한 여자는 아파트 단지 내 노인을 살해했고, 경찰이 체포해 갔으며 벌레와는 아무런 연관이 없다고. 여진은 최진호를 만난 일에 대해 설명했지만, 규환은 최진호나 땅 파던 여자 같은 그런 인간들이야말로 진짜 벌레라고 답했다. 서울은커녕 경기권에도 신도시에도 입성하지 못하는 버러지 같은 것들이 시기와 욕망에 사로잡혀서 자신과 비슷한 수준인 줄 알았던 인간들이 희희낙락하는 꼴을 보지 못해 달려드는 거라고. 그 벌레 같은 놈들은 오직 우리의 기분을 좆같이 만들고 싶어 할 뿐이며 그런 수작에 말려드는 것이야말로 세상에서 제일 멍청한 짓이라고. 그놈들이 그런 짓을 하는 이유는 다 자존감이 낮아서라고. 규환은 세상에서 가장 유용한 단어를 입에 담았다. 자존감. 여진은 헛웃음이 나왔다. 누구보다도 자신의 가까이에 있는 사람이 누구보다도 멀게 느껴졌다.

"진짜 벌레가 있다고. 자존감이 낮아서 벌레가 보이는 게 아니라고."

"그런 건 없어!"

"하지만"

"상식적으로 생각해 봐."

"하지만."

"여진아, 제발."

"제발! 씨발! 닥쳐! 내가 있다는데! 내가 봤다는데! 내가 경험했다는데, 내가 무섭다는데!"

여진의 목소리가 웅웅 울렸다. 쇳소리까지 섞여든 여진의 비명과도 같은 목소리에 규환은 아무 말도 할 수 없었다. 규환은 자신의 마음속 깊은 곳에서 형언할 수 없는 감정이 부글부글 끓어오르는 것을 느꼈다. 인생의 실패자. 사회에서 도태되어 일을 배우러 변변찮은 학원에 온 보잘것없는 인간.

계획 없이 꿈만 좇다가 나락으로 빠지려던 삶의 머리채를 잡아 준 사람이 누군데. 그게 누군데. 얼굴만 반반했던 주제에. 여진은 소름 끼치게 굳어 가는 규환의 얼굴을 보며 그가 자신의 말을 하나도 이해하지 못한다는 사실을 완전히 받아들였다. 아니, 애초에 이해할 필요가 없었을지도 모른다는 생각이 들었다. 여진은 그간 규환의 말에 막혀 있던 말들을 내뿜기 시작했다. 항상 그런 식이었다고. 너는 내 말을 듣지 않고, 그러니 아무것도 모른다고. 내 안에 ***가 들어갔다고. 말을 마친 순간 여진은 자신이 ***의 발음을 너무나도 정확히 구사했다는 점에 놀라 온몸을 벌벌 떨었다. 규환은 귀를 의심하며 되물었다.

"… 뭐라고?"

*** *** *** *** *** *** *** *** *** *** *** ***
*** *** *** *** *** *** *** *** *** *** *** *** ***
*** *** *** *** *** *** *** *** *** *** *** *** ***
*** *** *** *** *** *** *** *** *** *** *** *** ***
*** *** *** *** *** *** *** *** *** *** *** *** ***
*** *** *** *** *** *** *** *** *** *** *** *** ***
*** *** *** *** *** *** *** *** *** *** *** *** ***
*** *** *** *** *** *** *** *** *** *** *** *** ***
*** *** *** *** *** *** *** *** *** *** *** *** ***

*** *** *** *** *** *** *** *** *** *** *** *** ***

*** *** *** *** *** *** *** *** *** *** *** *** ***

*** *** *** *** *** *** *** *** *** *** *** *** ***

*** *** *** *** *** *** *** *** *** *** *** *** ***

*** *** *** *** *** *** *** *** *** *** *** *** ***

*** *** *** *** *** *** *** *** *** *** *** *** ***

*** *** *** *** *** *** *** *** *** *** *** *** ***

*** *** *** *** *** *** *** *** *** *** *** *** ***

*** *** *** *** *** *** *** *** *** *** *** *** ***

*** *** *** *** *** *** *** *** *** *** *** *** ***

*** *** *** *** *** *** *** *** *** *** *** *** ***

*** *** *** *** *** *** *** *** *** *** *** *** ***

*** *** *** *** *** *** *** *** *** *** *** *** ***

*** *** *** *** *** *** *** *** *** *** *** *** ***

*** *** *** *** *** *** *** *** *** *** *** *** ***

*** *** *** *** *** *** *** *** *** *** *** *** ***

*** *** *** *** *** *** *** *** *** *** *** *** ***

*** *** *** *** *** *** *** *** *** *** *** *** ***

*** *** *** *** *** *** *** *** *** *** *** *** ***

*** *** *** *** *** *** *** *** *** *** *** *** ***

*** *** *** *** *** *** *** *** *** *** *** *** ***

*** *** *** *** *** *** *** *** *** *** *** *** ***

*** *** *** *** *** *** *** *** *** *** *** *** ***

*** *** *** *** *** *** *** *** *** *** *** *** ***

*** *** *** *** *** *** *** *** *** *** *** *** ***

푸르게 빛나는

흉측함을 넘어선 끔찍한 발음에 규환은 자신의 청각기관이 훼손당하는 것만 같았다. 난생처음으로 이해할 수 없고 이해시킬 수도 없고 이해받을 수도 없는 존재와 맞닥뜨렸다는 느낌을 받았다. 소름 끼치는 전율이 규환을 감싸 안으며 의식적인 사고를 차단했다. 일순 눈앞이 아찔해지고 정신이 혼미해졌다. 아. 핸들이 규환의 손에서 아득히 멀어지고, 두 사람이 탄 차가 도로를 미끄러져 내달리고, 쿵 하는 강력한 진동과 함께 차가 뒤집혔다.

순식간이었다. 대체 어디에 부딪혀 어디로 굴러간 것인지조차 알 수 없었다. 급한 마음에 핸들을 꺾은 탓인지 1초에 한 번씩 중력이 뒤집히는 듯한 강력한 울렁임이 여진과 규환을 덮쳤다. 안전벨트가 흉곽과 옆구리를 우악스럽게 움켜잡아 규환은 숨을 내쉬기 힘들었다. 라디오 주파수를 잘못 맞췄을 때 나는 소리를 닮은 이명이 규환의 귓속을 벌레처럼 파고들었다.

눈을 떴을 때, 규환은 거미줄에 걸린 먹잇감처럼 안전벨트에 매달린 채로 뒤집혀 있었다. 여진의 이름을 부르며 옆자리를 바라보니 조수석에는 아무도 없었다. 규환은 안전벨트를 풀고 천장이었던 바닥에 몸을 쿵 떨어뜨리고는 엉금엉금 기어가 조수석 문을 열어 밖으로 나왔다. 머리에서 흐른 끈적한 피가 뒷덜미를 타고 천천히 흘러내리고 있었다.

"여진아?"

규환이 여진의 이름을 목놓아 불렀다. 기이하게도 여진은 전복된 차 뒤편에 기대어 앉아 있었다. 여진이 입고 있던 추리닝 바지는 온데간데없었다. 새하얀 맨살과 피 칠갑이 된 음부가 눈앞에 드러나 있었다. 이해할 수 없는 모습을 한 여진의 모습에 규환의 사고가 마비되었다. 조심스럽게 여진의 어깨를 흔들어 보았지만, 여진은 죽은 사람처럼 차가웠고 미동조차 하지 않았다. 규환은 덜덜 떨리는 손으로 주머니를 뒤져 핸드폰을 꺼냈다. 119. 그 짧은 세 번의 터치를 제대로 하지 못해 수십 번을 다시 눌렀다. 통화 연결음이 이어지는 동안 규환은 여진의 벌어진 다리 사이에서 여진이 그토록 말했던 그것을 목격했다. 푸르게 빛나는. 밤의 어둠 속에서 더없이 분명한 형광빛으로 빛나는 무언가가 공중으로 날아갔다. 웅웅거리는 날갯짓 소리가 규환의 청각신경 속으로 파고들었다. 한 마리, 두 마리, 아니 수십, 수백 마리가 여진의 다리 사이에서 나오고 있었다. 귓가를 맴도는 날갯짓 소리에 규환의 정신이 아득해져 갔다.

"여보세요?"

수화기 너머로 들려오는 구급대원의 목소리가 무슨 말을 하고 있는지 규환은 더 이상 이해할 수 없었다. 지금이야말로 도망쳐야만 했다. 규환은 뒷

걸음질 쳤다. 규환의 발이 아스팔트 위에 그어진 노오란 선을 넘어갔다. 새하얘진 규환의 머릿속처럼 하얗게 빛나는 헤드라이트가 규환의 몸을 감쌌다. 어. 규환은 화물차 운전사와 눈이 마주쳤다. 동시에 텅, 소리가 났고 규환의 몸이 푸르게 빛나는 어둠 위로 날아올랐다.

작가의 말

Nine of Swords

타로를 공부하는 친구에게 타로 점을 봐 달라고 한 적이 있습니다. 카드 몇 장으로 저 자신에 대해 알 수 있다는 말에 "나 이런 거 너무 좋아해…!"라며 두근거리는 마음으로 친구 앞에 앉았지요. 총 아홉 장의 카드를 뽑아야 했는데, 포물선 모양으로 펼쳐진 카드를 아무리 노려봐도 '절 뽑으세요, 주인님.' 같은 느낌을 주는 카드는 없어서 그냥 아무렇게나 골랐습니다. 중간쯤에서 하나. 쩌어기 왼쪽 부근에서 둘. 너무 왼쪽에 치우쳤나 싶어서 오른쪽에서 또 몇 장…. 그렇게 얼렁뚱땅 운명이란 탈을 쓰고 제 눈앞에서 뒤집힌 카드들 중에 가장 기억에 남는 것은 바로 소드 9번 카드였습니다.

눈을 가리고 괴로워하는 사람과, 그 주위로 늘어선 아홉 개의 검.

걱정과 스트레스, 불안을 상징하는 카드로 그게 제 장점 카드였습니다.

"아니, 어떻게 불안이 장점일 수가 있어!"

그때 저는 친구를 붙잡고 세상 억울하다는 듯 외쳤었는데 새삼 쇼트 시리즈를 마감하고 보니… '정말 용하다!'라는 생각이 듭니다.

이 작품집에 담은 글들은 모두 불안에서 시작되었거든요.

집에 무언가가 침입하게 된다면 어떡하지? 좋아하던 친구와 멀어지게 되면 어떡하지? 평생을 약속한 사람에 대한 신뢰를 영원히 잃게 된다면 어떡하지?

그렇게 켜켜이 쌓아 올린 불안이 위태롭게 휘청이며 쓰러지는 순간을 담아 보고 싶었습니다.

한편으론 아무런 해결책이 없는 결말에 무력감을 느끼셨을지도 모르겠다는 생각이 듭니다. 하지만 제가 느끼고 경험했던 불안들에도 늘 답이 없었던 터라, 여기에 어떤 놀랄 만한 방법이 있다고 거짓말을 붙이고 싶지는 않았습니다.

훗날 제가 위인전에 남을 만큼 똑똑해져서(외계인에게 납치되거나, 모종의 비밀 단체의 실험체가 되거나, 노벨상 수상자의 영혼이 빙의되거나, 나이를 100살쯤 더 먹으면 가능할 것 같습니다.) 획기적인 답을 알아내게 된다면 온갖 노력을 총동원하여 여러분께 그 방법을 전달하러 찾아가겠습니다. 그러니 그때까지 우리 불안에 삼켜지지 않기로 약속해요. 이렇게 불안을 읽고 씹고 뜯고 맛보면서, 무해하게 즐길 수 있는 불안을 나누면서 함께 면역력을 기르고 싶다는 것이 제 소소한 소망입니다.

마지막 인사로, 이 여정에 큰 힘이 되어 준 가족과 친구들에게 고마움을 전합니다. 더불어 응원과 도움을 아끼지 않았던 테오 PD님, 더 좋은 글을 만들어 주신 이혜정 편집자님, 한 분 한 분 소중한 안전가옥의 많은 분들, 그리고 끝까지 이 글을 읽어 주신 독자님들께 진심으로 큰 감사와 사랑을 보냅니다.

프로듀서의 말

2021년 봄, 안전가옥은 '호러'를 키워드로 스토리 공모전을 진행했습니다. 그리고 그해 겨울 공모전에 선정된 이야기들을 엮어 《호러》라는 작품집을 선보였지요. 다채로운 공포의 풍경을 담은 이 작품집 첫머리에는 김혜영 작가님의 〈습습 하〉가 실려 있습니다.

이 작품을 처음 읽었던 때가 지금도 선명하게 기억납니다. '몰래 엿본 옆집'이라는 소재, 낯익은 곳을 낯설게 만들어 알 수 없는 불길함이 바로 앞에 와 있음을 느끼게 하는 생생한 묘사 등에 큰 감명을 받았습니다.

그렇기에 작년 가을, 《호러》가 만들어지는 동안 작가님께 더 으스스하고 더 전율이 흐르는 이야기, 무서움을 넘어 매혹을 선사하는 이야기를 함께 만들어 보자고 요청했고 작가님께서는 흔쾌히 수락해 주셨습니다.

얼마의 시간이 흐르고 작가님께서 보여 주신 상상력은 단순히 '호러(horror)'라고 분류되기보단 '코즈믹 호러(cosmic horror)'라고 불릴 만한 이야기였습니다. 코즈믹 호러는 흔히 인간이 감히 대적할 수 없는 어떤 미지의 존재로 인한 공포, 인간이 지닌 어떠한 가치도 아무 의미가 없음을 말하는 절망적인 공포 정도로 정리되곤 합니다.

이 장르를 본격적으로 분류하고 정의했으며 연구한 19세기의 작가 하워드 필립스 러브크래프트(H. P.

Lovecraft)는 기묘한 미지의 존재들과의 조우, 그로 인한 파멸을 통해 인간이 영위하고 있는 일상적인 세계가 얼마나 기만적이고 허위로 가득 찬 세계인지 직접 창작해 보여 주기도 했습니다. 동시에 무서움과 혐오감이란 감정만이 코즈믹 호러의 핵심적인 부분이 아니라는 점, 기이한 미지의 존재는 물론 중요하지만 결국 이것에 다가가게 하는 요소는 '매혹'이라는 점도 알려 주었습니다.

더 무서운 이야기를 보고 싶습니다, 라는 저의 단순한 요구를 뛰어넘는 결과물인 《푸르게 빛나는》으로 작가님께서는 공포와 매혹의 뒤섞임, 두려움과 아름다움의 공존, 규정하기 어려운 어떤 무엇과의 만남을 잘 보여 주셨다고 생각합니다.

이 작품집에 실린 〈열린 문〉, 〈우물〉, 〈푸르게 빛나는〉이란 세 개의 작품과 연결되어 독자 여러분을 더욱 거대한 파경과 붕괴, 더욱 깊은 매혹과 현혹의 세계로 안내할 다음 작품들을 바로 이어서 소개해 드리고자 준비하고 있습니다.

때론 평이하지 않고 기이한 것, 일상적이지 않고 환상적인 것이 우리에게 진실을 제공합니다. 두려움과 고통, 공감이 쉽지 않은 감정들 같은 특별한 통로를 거치지 않으면 획득하지 못할 진실들 말입니다.

김혜영 작가님의 작품들을 통해 새로운 세계에 대

한 감각 그리고 새로운 진실을 느껴 보시길 기원합니다.

감사합니다.

안전가옥 스토리 PD

윤성훈 드림

푸르게 빛나는

지은이 김혜영
펴낸이 김홍익
펴낸곳 안전가옥

기획 안전가옥
콘텐츠 총괄 이지향
프로듀서 윤성훈
고혜원 · 김보희 · 신지민 · 이은진
임미나 · 조우리 · 황찬주
퍼블리싱 박혜신 · 임수빈
편집 이혜정
디자인 금종각
경영전략 나현호
비즈니스 이기훈
서비스 디자인 김보영
경영지원 홍연화

출판등록 제2018-000005호
주소 (04779) 서울특별시 성동구 뚝섬로1나길 5, 헤이그라운드 성수 시작점 201호
대표전화 (02) 461-0601
전자우편 marketing@safehouse.kr
홈페이지 safehouse.kr
ISBN 979-11-91193-69-5
초판 1쇄 2022년 10월 27일 발행
초판 2쇄 2022년 12월 15일 발행